曹阿娣 著

# 「早恋」风波

中国纺织出版社有限公司

## 内 容 提 要

早恋——令无数家长、老师讳莫如深、谈之色变的话题，多年来也一直困扰着青春期的孩子，有的老师和家长甚至把孩子正常的异性交往视作洪水猛兽，导致亲子关系紧张，孩子学习成绩下降。家长、老师该如何引导孩子正确地处理好和异性同学的关系，使之树立远大理想并为之努力奋斗；在孩子的青春期，如何处理好亲子关系，帮助孩子走出迷茫、健康成长，你将在本书中找到答案。

### 图书在版编目（CIP）数据

"早恋"风波 / 曹阿娣著 . -- 北京：中国纺织出版社有限公司，2020.10

（心中的萤火虫：青少年心理治愈丛书）

ISBN 978-7-5180-7837-0

Ⅰ.①早… Ⅱ.①曹… Ⅲ.①故事—作品集—中国—当代 Ⅳ.① I247.81

中国版本图书馆 CIP 数据核字（2020）第 171878 号

策划编辑：李满意　胡　明　　责任编辑：张　强
责任校对：王花妮　　　　　　　责任印制：王艳丽

中国纺织出版社有限公司出版发行
地址：北京市朝阳区百子湾东里 A407 号楼　邮政编码：100124
销售电话：010—67004422　传真：010—87155801
http://www.c-textilep.com
中国纺织出版社天猫旗舰店
官方微博 http://weibo.com/2119887771
天津千鹤文化传播有限公司印刷　各地新华书店经销
2020 年 10 月第 1 版第 1 次印刷
开本：880×1230　1/32　印张：6.625
字数：100 千字　定价：30.00 元

凡购本书，如有缺页、倒页、脱页，由本社图书营销中心调换

# 目录

Contents

引子　/001

1　漂亮的小女孩　/003

2　校园里的小天使　/020

3　女同学之间的纠纷　/041

4　你不是小孩子了　/062

5　真是神经过敏　/078

6　孤独期的烦恼　/105

7　爸爸的励志教育　/126

8　离家的小鸟　/160

9　回归温馨的家　/178

# 引子

中考结束了,孙木梓感觉彻底轻松了。回家后,她把爸爸妈妈赶出自己的房间,手脚摊开,仰面倒在床上,她要实现自己的第一个愿望,好好睡上一觉,睡到什么时候就是什么时候,睡饱,睡足,睡够。这两年,她总觉得睡眠不足,今天终于可以睡个自然醒才起床的觉。

她这一觉从昨天的下午睡到今天早上八点钟,睡了十几个小时,她的爸爸妈妈也体谅她,只有妈妈蹑手蹑脚进来给她盖了一次空调被,再没有打扰她。怕有噪音,连饭都没做,两口子就吃点牛奶面包凑合。

吃完早饭,孙木梓就接到班长周宇轩的电话,说今天晚上开毕业班会,让她早点到学校去,帮忙布置会场。

晚上,教室里灯火辉煌,人声鼎沸,欢乐的笑声从窗口往外喷射,过路的人都受到感染,不自觉心情好了起来。

孙木梓班上有50个同学，女同学比男同学人数稍微多一点点。因为女同学爱说话，爱起哄，给人的印象好像这个班女生特别多。

有的同学从进中学起就在一个班，还有的是从小学起就在一班，坐在一个教室里学习了几年。明天要分别了，要到高一级学校去读高中或者职业中专，这些不知什么叫忧愁的孩子，心里多多少少有一丝丝离绪。有些孩子悄悄离开会场，拉上一个或者两个人，站在走廊的黑影里，说些以前没来得及说、以后可能没机会说，又不得不说的话。

这一对对一群群的人，有女生和女生，有男生和男生，也的男生和女生。

孙木梓和班长周宇轩站在走廊的最顶头在说着什么，来找他们的钟令贤只听到孙木梓的最后一句话："你的爸爸真有水平，关键时刻，是他帮助懵懂的我们从感情纠葛中走了出来，让我们回归到正常的学习生活中来，没有耽误学习，不然，我们这次考得不好，就没有这样愉快轻松。回想起来，我打心底里佩服他。"

钟令贤从那边过来，插嘴打趣说："孙木梓，你佩服谁？佩服我吗？"

孙木梓说："没你的事，一边去。"

## 漂亮的小女孩

到了8月底,幼儿园又要招新生了。老师们把本来就非常漂亮的幼儿园布置得充满了节日的气氛。大门左右两边贴了欢迎标语,一边是"欢迎新来的小朋友",另一边是"向家长们学习致敬"。教室里悬挂着五彩纸条和气球。小课桌和小凳擦洗得干干净净。大桌子上堆满了玩具。

幼儿园还没有开学,幼儿园原来的小朋友没有来,今天只有老师们来了。他们是来接待新生的。一些老师负责报到,一些老师负责搞卫生,一些老师负责引导新生和家长参观幼儿园,让他们熟悉幼儿园的环境。

这时负责报到的何老师来办公室倒开水。她告诉在办公室里的几个老师:"今天来了一个比画上还漂亮的女孩子。"

大家正在各自忙着，谁也没把她的话当回事。

她又说了一遍："那个小女孩是我见到过的最漂亮的女孩。"

"你见过多少小孩子？你这叫少见多怪。"有人嘲笑她。

"我承认我见过的孩子有限，但这个孩子确实漂亮。"何老师认真地说。

大家见何老师不是开玩笑，也起了好奇心，想知道这个女孩到底多漂亮，让何老师赞不绝口。有两个人跟何老师一块儿到新生报到的教室里去看个究竟。

教室里报到的家长和孩子站了一大群，孩子们个个长得好。说实在的，现在生活水平提高了，哪家的孩子都不缺营养，除了鱼肉鸡鸭之外，什么维生素、蛋白质都科学搭配着吃。所以，要找一个瘦一点的都难。但这两个老师还是一眼就看见了何老师说的那个女孩。因为她确实漂亮，在这一大群健康活泼的孩子中间，她还是显得突出。

能一下吸引住别人眼球的是她的五官。她的那双眼睛水汪汪的，黑眼珠像两颗黑宝石，白眼球晶莹剔透，再加上天真无邪的眼神，真是世界上最纯洁的眼睛。她的嘴巴比眼睛小，轮廓分明。有人用樱桃来比喻人的嘴巴，倒也很贴切。她的额头很高，这样，她那细细的眉毛就长在脸

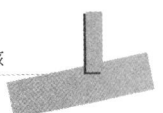

的中线上。她的鼻子像是个工艺品,不但笔直挺拔,而且大小宽度都恰到好处。

何老师和另两个老师走到这个女孩的身边,问她的家长:"这是您的女儿吗?"

"是的。"带她来的家长是她的爸爸。

"孩子叫什么名字?"

"我叫孙木梓。"这个小女孩抢着回答,"孙悟空的孙,树木的木,梓树的梓。"

"那你爸爸姓孙,你妈妈姓李,是不是?"何老师转过来和她说话。

"你怎么知道的?我不认识你呀?"孙木梓惊讶地说。

"我会算。"何老师逗她说。

"你骗人。"孙木梓不相信。

"孙木梓,"孙木梓爸爸教育孙木梓,"对老师要有礼貌。"

"老师也不能骗人。"

"老师不是骗你,是和你开玩笑。"何老师对孙木梓解释说,"你的名字的第一个字是姓,那你爸爸姓孙,木子合起来是李字,那你妈妈姓李。老师是根据你的姓名知道你爸爸妈妈的姓的。"

孙木梓咬着手指头认真地听着,似懂非懂。孙木梓爸爸把她的手拿下来，她也不犟。

"告诉老师，你今年几岁？"

"三岁半。还没有满四岁。"孙木梓说完抬头看了看爸爸，神态是在问：我说得对吗？

爸爸点了点头，她放心地看着何老师。

"你是男孩还是女孩？"何老师问。

"我当然是女孩，你没看见我穿了裙子，还梳了小辫子吗？"说完她歪着头还把自己的小辫子扯给大人们看。

何老师马上对他们父女有了好感。孩子聪明大方，父亲也注意教育孩子，并不溺爱孩子。在编班的时候，何老师特地把孙木梓放在了自己班。

从幼儿园回来，孙木梓见人就宣传："我上幼儿园了！我是学生了！"

有人逗她："幼儿园不是学校，你不是学生。"

"那我算什么？"孙木梓认真地说。

这还真不好回答。

"你说不出来吧？我就是学生。"孙木梓骄傲地说。

那神气真让人喜欢，那人情不自禁地抱起她，亲亲她的小脸蛋。

回到家，孙木梓一眼看见表姐钱蕾蕾，高兴地跑过去，

"叽叽喳喳"把在幼儿园看到的一切告诉她。

孙木梓没有哥哥姐姐,也还没有弟弟妹妹,家里看得重,平常不让她一个人出去玩,出去就得有大人陪着。大人白天有自己的工作,只有傍晚或者周末,爸爸妈妈才能陪她到外面去玩。所以她对外面的一切都觉得新鲜。

孙木梓的表姐钱蕾蕾可不是这样,她已经是小学一年级学生了。今年七岁了。她有一个弟弟,才两岁。她的爸爸妈妈重男轻女,弟弟是爸爸妈妈的宝贝疙瘩,惯得他整天在家吵闹,爸爸妈妈什么事都顺着他。只要蕾蕾在家,她妈妈就让她带弟弟。只要弟弟哭,妈妈就骂蕾蕾没用。所以蕾蕾不爱待在家里,天天盼望开学,开学了就可以躲开带弟弟这个差事。现在还没开学,她老是一个人跑到孙木梓家来玩。她很喜欢孙木梓,不光是因为孙木梓长得漂亮,还因为孙木梓听她的话,孙木梓讲道理,不瞎吵。

"蕾蕾,帮孙木梓洗了手来吃西瓜。"孙木梓妈妈在喊。

蕾蕾牵着孙木梓来到卫生间,一边帮她洗手,一边说:"你看你的小手手多脏,我们讲卫生,我们洗干净了去吃西瓜。"蕾蕾觉得自己在孙木梓面前像个大人,她能支配孙木梓,控制孙木梓,她很乐意享受这种感觉。而她在自己弟弟的面前没有这种感觉,她根本支配不了弟弟,她为弟弟服务，忙上忙下，弟弟还不领情，又哭又闹，害得妈妈骂她。

她俩吃了西瓜后，蕾蕾又帮孙木梓梳小辫子。

孙木梓的爸爸妈妈挺喜欢蕾蕾和孙木梓玩。因为蕾蕾是个很乖的孩子，她不娇，懂事，没有嘴脏、打人这些坏毛病。别看她只比孙木梓大3岁多一点，但她把孙木梓当成自己的亲妹妹一样，处处照顾孙木梓，帮助孙木梓。孙木梓有什么不懂的东西，她会耐心地告诉孙木梓。孙木梓爸爸妈妈都上班，平常很忙，只有双休日才能在家做家务。孙木梓很缠人，如果蕾蕾不来，孙木梓妈妈就只能陪孙木梓，不能干家务。蕾蕾来了，解放了孙木梓妈妈。

蕾蕾正在和孙木梓搭积木玩，蕾蕾妈妈来了。她一进门就打了蕾蕾两下，再骂蕾蕾："你这个懒东西，要你带弟弟，你却躲在这里玩。"

孙木梓妈妈听到声音，从厨房里出来，说："你为什么打蕾蕾？她可是个好孩子。"边说边把吓得躲在沙发后面的孙木梓拉到怀里。

"她在外面听话，逗人喜欢，在家里却完全相反。你让她干什么，她偏不干，气死我了。"说完气呼呼地坐在沙发上生气。

"不会吧？"孙木梓妈妈说，"蕾蕾不是那样的孩子，可能是你没有和她把道理讲清楚。"

"自己家里人，有什么道理好讲。你看，今年夏天出来旅游的人多，我们家的房子没有一间空的。客人来了要吃、要喝、要睡，都得你去安排。我让蕾蕾带带亮亮，她一转身就跑了。你看气人不气人。"蕾蕾家开旅店，事情确实多。亮亮就是蕾蕾的弟弟。

"他到处乱跑，不听我的，打烂了东西，你们又怪我。"蕾蕾委屈地说。

"你不会管管他，怕打烂的东西就放高一点，让他拿不着。"蕾蕾妈妈说。

"他会听我的吗？"蕾蕾仗着孙木梓妈妈在旁边帮腔，不怕妈妈，和她对着干。

孙木梓妈妈知道这母女俩的事说不清楚，就对蕾蕾说："妈妈让你回家，你就回家。要听妈妈的话，这才是好孩子。"

蕾蕾母女走了，孙木梓爸爸说："蕾蕾妈妈太凶了，动不动就打孩子，这样不好。"

孙木梓乖巧地说："你们不打我，我做错了事，你们只批评我。"

孙木梓的爸爸妈妈都笑了，说："你可不能因为我们不打你就不听话啊。"

幼儿园正式开学了。那天早上，爸爸送孙木梓去幼儿园，把孙木梓交给何老师就上班去了。孙木梓紧紧地跟在何老师身后，还有几个刚来的孩子，也和孙木梓一样，不肯离开何老师。何老师把小凳子摆成一个圆圈，自己坐在中间。她给大家唱歌，给大家讲故事。慢慢地，孙木梓不害怕了。她偷偷地跑到另外一个教室里去了，那个教室里的孩子比孙木梓大，他们上的是大班。大班的哥哥姐姐都喜欢孙木梓。尤其是那几个小姐姐，爱用手去摸孙木梓的脸和嘴巴，口里说："你的脸上抹了口红吧？"

"口红是抹嘴巴的，怎么能抹到脸上。"有个小朋友说。

"那她的脸怎么这样红？"

"她长得漂亮呗。"

"真好看。我要是长得这样好看就好了。"到底是孩子，心里想到什么说什么。

这段时间，蕾蕾因为要带弟弟，很少过来了。这让孙木梓不高兴，情绪不好，有一天从幼儿园回来一反常态，小嘴说个不停。

原来，幼儿园那天把塑料游泳池摆在草坪上，给它注满了水,让小班的小朋友游泳。因为游泳池小,一次只能下去4个人。小朋友都争着和孙木梓一块儿游泳,这可是在家里没玩过的游戏。

"爸爸妈妈,你们听我说。"孙木梓不准爸爸妈妈在厨房里干活,要爸爸妈妈到客厅里坐在她对面听她说。爸爸没法只好照她说的做,妈妈说:"一个人听你说就行了,不然,谁做晚饭,我们吃什么?"

孙木梓总算看在要吃饭的分上,批准妈妈留在厨房里,让她去做晚饭。

"今天可逗了。好几个小朋友要和我一块儿游泳,差点儿打起来。"

"是谁这样喜欢我的女儿?"爸爸逗她玩。

"阳阳,王冠,陈静书。"

爸爸突然想起一个问题:"你知道他们是男孩,还是女孩?"

"只有陈静书是女孩,其他的都是男孩。"

"你怎么知道她是女孩?"

"她虽然没有辫子,但头发很长。和我一样,穿的裙子。"

"其他女孩也和男孩一块儿游吗?"

"不知道。"孙木梓一脸的茫然,不知爸爸为什么要问这样一个问题。

孙木梓爸爸笑了,他心里说:你这人太多心了。孙木梓才多大,她可能还弄不清女孩子和男孩子的区别,心中没有男女界线,也许到蕾蕾这样大才会知道男女有别,才和她说得通。

孙木梓不管爸爸想些什么,仍然说自己的事:"水不深,刚到我的肚子这儿,我一下去,陈静书就把我拖倒在水里。要不是老师来,我可能会淹死。"孙木梓夸张地说。

"那可一定要注意安全啊,但是有老师在你的身边,也不必太害怕。"

"你听我说,我倒下去是脸朝天,阳阳倒下去是脸朝下,却呛得哭了。"说着,孙木梓又学阳阳哭脸的样子。

孙木梓爸爸知道,女儿这个样子,说明她在幼儿园很适应。因此,也就很放心。

时间过得真快,一眨眼工夫,两年过去了。孙木梓上大班了,比两年前高了不少,比以前更漂亮了,也懂事多了。每天回家来,小嘴巴"叽叽喳喳"说个不停,把幼儿发生的事全告诉爸爸妈妈。有时还加一点评论,比如说这个小朋友不对,他不遵守纪律。那个小朋友错了,不洗手

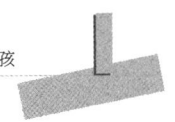

漂亮的小女孩

就吃饭,不讲卫生,会得病。

这天,孙木梓和爸爸在幼儿园门口碰到了一个阿姨。那个阿姨最近才搬到这个小区来,她的儿子也刚转到这个幼儿园来。她问孙木梓爸爸这个幼儿园办得怎么样。

孙木梓爸爸说这个幼儿园还可以。孙木梓在这儿学习了两年,学会了不少东西。她还挺喜欢这儿的。老师素质比较高,都是学幼教专业的,唱歌、跳舞、手工劳动样样都行。幼儿园伙食也开得好,荤素搭配,营养合理。

站在阿姨旁边的那个男孩一直没有吭声。后来孙木梓爸爸问阿姨:"这是你的孩子吗?"

阿姨这才说:"这是我的儿子,叫军军。军军,快叫叔叔。"

"叔叔好。"军军彬彬有礼地打招呼。

"你好。你几岁了?"孙木梓爸爸问军军。

"他今年6岁了。过了年就可以上小学了。"阿姨替儿子回答。

"那他比我家孙木梓大1岁。我们家孙木梓今年5岁。"孙木梓爸爸说,"孙木梓,快叫哥哥。"

"军军哥哥好。"孙木梓没有兄弟姐妹,很高兴有这样一个哥哥。

"你们现在认识了,以后还是同学。平时在幼儿园要互相帮助。"孙木梓爸爸交代他们。

两个小家伙都点点头。

孙木梓爸爸没有说错,孙木梓很喜欢幼儿园。每天早晨,总是她催大人送她去幼儿园。因为待在家里实在太无聊了。爸爸在银行工作,每天上班很累。回来后,除了做家务就是看电视,尤其是有足球赛的日子,他连吃饭都坐在电视机前面。妈妈是个小学老师。天天晚上不是备课,就是批作业。只要到了九点钟,妈妈就要孙木梓睡觉。所以,孙木梓认为幼儿园比家里好玩。幼儿园有那么多小朋友和自己玩,有那么多玩具供自己玩,有好多老师喜欢自己,带着自己玩。孙木梓恨不得天天不回家,晚上睡在幼儿园。

开始,孙木梓爱玩积木,用积木搭房子,搭桥。后来,她又喜欢芭比娃娃。最后她爱上了画画。孙木梓不好动,爱坐在那儿玩。

何老师针对她的兴趣爱好,让幼儿园的美术老师个别辅导她,她进步很快。她的一幅题为《我给小树浇水》的画获得了环保杯赛的银奖。得了奖的她,更爱画画了。家里的墙上到处贴满了她的作品。不过一般都贴得很低,歪歪斜斜，那是孙木梓自己的功劳。爸爸妈妈认为贴多了不好看，可孙木梓不管什么好看不好看，只要是自己画的画，她都要贴上去，让别人欣赏，表扬她。于是无论是客厅，还是卧室，甚至厨房和厕所，1米以下的地方，都贴满了孙木梓的画。而且，一旦贴上去了，大人就得对它严加保护，如果弄坏了，孙木梓回家就会吵，要赔，让爸爸无法看电视，妈妈没法备课。

孙木梓在家吵，孙木梓妈妈会想到把蕾蕾找来带孙木梓，蕾蕾妈妈有时不准蕾蕾过来，因为蕾蕾要带弟弟。

孙木梓长得漂亮，但天天在一起也就习以为常，谁也不会天天盯在孙木梓后面夸奖她漂亮。可是孙木梓自己知道自己长得漂亮，她经常照镜子。用小朋友的话说，孙木梓爱臭美。孙木梓只要从有镜子的地方经过，那一定要停下来，对着镜子理理头发，扯扯衣服。更让大人忍俊不禁的是她还会对镜子里的自己做鬼脸。

这天，孙木梓又趴在课桌上画画，这次她画了三个人，两边的是大人，一男一女，中间是个小人。何老师进来了，问她："孙木梓，这是画的谁呀？"

"你看不出来吗？这是我们一家人呀。"孙木梓不屑地说。

"那你给我讲解一下。"

"唉,那我来给你讲解。"孙木梓好像很无奈,碰上个"理解能力这么差"的老师,"你看,这个人是男的,他的头发很短,也比较高。他是我爸爸。这个人的头发长,又穿着裙子,当然是女的。她是我妈妈。中间这个人是我。你看,我还穿着幼儿园的围兜,上面还有字。"说完,孙木梓在围兜上加了一些小点点,表示那是字。

何老师逗她说:"我看不像,你妈妈戴眼镜。"

孙木梓马上说:"我还没来得及画,你就来了。你走你走。"她站起来推何老师走。她只爱听别人表扬她的话,不喜欢别人挑毛病。

何老师看看墙上的挂钟,说:"孙木梓,你坐在这儿30分钟了,不行,你要出去活动活动。"说完没等孙木梓反应过来,抱起她来到教室外面的游乐园。

何老师把孙木梓放在跷跷板旁边,那里已经有几个小朋友在玩。这时,有一个小朋友哭了起来,何老师让孙木梓和大家一起玩跷跷板,自己去看那个小朋友。

要玩跷跷板的小朋友们排着队,轮到孙木梓了。她正要上去,一个小朋友过来推了她一下,说:"你没有排队。"孙木梓没提防,一下子摔倒了。

何老师正哄那个哭脸的小朋友，没有注意到。

军军走过来，一下把那个男孩推倒在地上，说："谁说她没有排队？你乱讲。"

本来要哭的孙木梓，见有人帮她，不但没哭，反而笑了。歪着脑袋，骄傲地对大家说："这是我的军军哥哥。""我的"两个字发音特别重。

从这以后，孙木梓和军军的关系很亲密。每天一有机会，孙木梓就去找军军玩，军军玩什么，她就玩什么。军军爱玩枪，以前不爱玩枪的孙木梓也玩枪。军军爱玩打仗，以前不爱跑的孙木梓也玩打仗，有时跑得汗流满面。这段时间，孙木梓几乎不大画画了。孙木梓还把从家里偷偷带来的零食分给军军，像巧克力啦、棒棒糖啦。

一天，军军妈妈来接军军，看见军军和孙木梓玩得正起劲，又听见别的小朋友说他们是两口子，眉头就皱起来了。

几天后，军军转到另外一家幼儿园去了。

不过不要紧，孙木梓有很多朋友，虽然军军哥哥走了，她不缺人玩。只不过，她喜欢军军哥哥，因为军军哥哥走了，她不高兴了一阵子，但时间久了就没事了。

**心理医生的话：**

孩子三岁到入学前的那段时间是人生中最美好的时期。他们像蓓蕾一样姣好、天真，他们没有烦恼，没有痛苦，没有要操心的事。他们的思维处在浅层水平。他们只有高兴或者是不高兴。

三岁左右的孩子一般能说清楚自己是男孩还是女孩。但是，他们的性别角色标准比较刻板、单一、不灵活。比如：他们认为扎小辫的、长头发的、穿裙子的就是女孩，而认识不到这些方面是可以变化的。在他们的心目中男女之间没有界限。男孩和女孩可以在一个浴室里洗澡，可以睡在一张床上。

到了五岁左右，孩子们才会认识到自己的性别是不变的。但这时他们还没有男女界限，做游戏、学习时不会留意性别。

男孩更喜欢飞机、坦克、棍棒、刀枪，喜欢玩摔跤、打仗、比赛等活动剧烈的游戏。女孩喜欢布娃娃、小锅、小勺，玩的也是比较安静的游戏。

在社会需要中比较核心的是"自尊"。孩子虽小，他们也渴望得到别人的尊重，获得表扬和赞扬。孙木梓虽然只有几岁，但她已经体会到自己长得漂亮，能得到很多人的关注。于是她很重视自己的容貌，比一般的孩子爱美。

## 校园里的小天使

现在,孙木梓已经9岁了,是小学三年级的学生。而且因为成绩好,当上了语文课代表。

孙木梓在学校最听老师的话。孙木梓心目中的老师最神圣。只要是老师说的,她不假思索百分之百地执行。虽然妈妈也是老师,也在这个学校工作。孙木梓的心目中妈妈就是妈妈,她不是自己的老师,孙木梓只听教她的老师的话。这让妈妈很无奈。

孙木梓爱画画,每天做完作业就画画。画了一张觉得不满意,再画一张。画了一张又一张,画到很晚还不肯睡。爸爸妈妈几次催都不起作用。那次家长会,老师对家长们要求,学生晚上必须在九点以前睡觉,说这样才能保证第二天有充沛的精力学习,第二天又在班上作为一条纪律宣布了。从那以后，孙木梓一到九点就上床，不用爸爸妈妈劝导，催促。

一天，老师在班会上说，我们从小要有礼貌，在公共汽车上，见到老人要让座。以后，只要是坐公共汽车，孙木梓老是东张西望，只要发现老人没座位，就给老人让座。如果她坐在前边，老人站在后面，她也不顾汽车颠簸，到后面去找老人。孙木梓妈妈开玩笑说："老师的话是圣旨，对孙木梓可起作用啦。"

孙木梓的班主任老师姓周，是个女的，三十岁左右，教孙木梓他们班的语文。孙木梓对周老师的观察非常细心。老师换件新衣，老师换个发型，老师换双皮鞋，全逃不出孙木梓的眼睛。回到家里，孙木梓和爸爸妈妈说不上三句话，就扯到周老师身上去了。

"我们周老师有点像我过去的那个芭比娃娃。圆脸，眼睛大，长头发。"

"我们周老师今天穿了条红裙子，可漂亮了。妈妈，可不可以帮我也做一条红裙子？"

"我们周老师说，吃蛋黄能增强记忆力。从今天开始，我每天要吃一个蛋黄。"

妈妈说："你每天早上不是吃一个煮鸡蛋吗？那里面不

是有蛋黄吗？"

"我们周老师说的是蛋黄，不是煮鸡蛋。"孙木梓只认老师说的。

"那明天我把煮鸡蛋里的蛋黄剥给你吃，蛋白你就别吃了。"妈妈逗她。

"那我不是少吃了一个鸡蛋。"

妈妈拿她没办法，只好煮两个鸡蛋，把一个剥出蛋黄来递给孙木梓。

当然，爸爸妈妈有时也会借周老师的威信惩治孙木梓。

孙木梓不爱吃蔬菜，不爱喝水，嘴巴经常干得出血。妈妈带她去看医生。医生说孙木梓缺少维生素C，让孙木梓多吃蔬菜。孙木梓不听，爸爸妈妈特地为她炒的蔬菜，她看都不看一眼。妈妈把菜夹到她碗里，她硬是把菜夹出来，扔掉。爸爸妈妈拿她没办法，只好到学校去找周老师反映情况，请周老师帮他们劝孙木梓吃蔬菜。

那天上完语文课，周老师说："孙木梓，到办公室来一下。"

周老师对孙木梓说："孙木梓，你的嘴巴怎么破了？去看医生了吗？"

"妈妈带我去看了医生。医生说我不吃蔬菜，缺少维生

素。还说水喝少了。"

"你现在吃蔬菜吗?"

孙木梓不说话。

"你看其他同学多健康。不爱吃蔬菜也算一个缺点,知道吗?"

"不爱吃蔬菜也算缺点?"孙木梓重复一遍。

"是的。偏食会影响身体健康。身体不健康的学生就不能评三好学生。"

"那我吃还不行吗?"

"那就是好孩子。还要记得喝水。每天喝三次水。"

从此,孙木梓虽然不爱吃蔬菜,但爸爸妈妈夹给她,她都吃了,再也不发脾气,不把蔬菜夹出来扔掉了。而且自己天天记着喝水。

孙木梓听老师的话,老师也喜欢这个聪明漂亮的孩子。学校里有什么活动,总是第一个想到她。教师节上台表演啦,拥军优属活动给解放军叔叔献花啦,学校文艺汇演总是让她担任主角。她每次都能圆满地完成任务。因为她出头露面的机会多,又人见人爱,于是她在学校里成了一个知名人物,学生们差不多都认识她。当然,她不可能认识所有的同学。

认识她的人多，给她带来一些好处，她的旁边总是不缺帮忙的人。一次，她在上学路上不小心摔了一跤，马上有大同学从后面走上来，说："这不是我们学校的孙木梓吗？来，我背你到学校去。"

一个星期天，她去新华书店买字典。掏口袋时才发现没带钱包。口袋里的零钱不够，还差一块钱。马上有她不认识的同学说："我帮你垫一块钱。你明天到学校还我就是了。"

"我不认识你，怎么还？"

"你不认识我，我还不认识你？那次你代表学校给解放军叔叔献花，我在军鼓队里。明天，我到你们班上来拿。"

第二天，这个男生真的到孙木梓教室里来了。孙木梓这才知道这个男生叫刘轶，是6年级的学生。6年级的教室在3年级的楼上。

那天放学了，刘轶在校门口等孙木梓。刘轶问孙木梓住在哪儿。一问才知道，刘轶就住在孙木梓家的后面，只隔了一栋楼。刘轶让孙木梓天天在校门口等他，他送孙木梓回家。

孙木梓回家把这事告诉了妈妈。妈妈问孙木梓："路上害怕吗？"

校园里的小天使

孙木梓说不害怕。

妈妈说:"你既然不害怕,就不用别人送。要接送也是爸爸妈妈的责任,不必麻烦别人。"

孙木梓对刘轶说不用天天等她。刘轶不听,还是天天在楼下等孙木梓。

孙木梓很为难,妈妈说不要别人送,刘轶一定要送。后来,她想:刘轶一定要送就让他送,这又不是什么坏事。妈妈不让送,不告诉妈妈就是了。

不过后来不是刘轶一个人送,而是几个男同学和刘轶一块儿送。他们放了学,在孙木梓的教室楼下等孙木梓一块儿回家。学生回家都是一群一群的,也不显得有什么特别。

孙木梓和妈妈说过刘轶天天送她以后,孙木梓妈妈并没有掉以轻心,她一方面把这个情况告诉孙木梓爸爸,另一方面天天提前回来,躲在回家路上观察刘轶是如何送孙木梓的。

一连好多天,孙木梓妈妈亲眼看见刘轶他们一伙大同学等孙木梓放学,这中间有男也有女。他们一路上说说笑笑,很愉快,同时规规矩矩,没有半点出格的地方,很正常。

孙木梓妈妈把自己看到的这些告诉孙木梓爸爸。孙木梓爸爸考虑了很长时间说:"我回想了一下,我十一二岁时,懵里懵懂,对于男女之间有什么不同从来没想过。就说现在的孩子成熟早,孙木梓也才九岁。你自己也看到了,他们现在没有什么男女界限,他们喜欢孙木梓,是因为孙木梓长得漂亮。这种喜欢是单纯的,没有其他的成分,就像哥哥喜欢妹妹一样简单。我们不要把它复杂化,顺其自然。"

孙木梓妈妈也说:"目前来看是没有什么问题,也许是我们草木皆兵,太神经过敏了。但他们会长大,我们要密切注视,不能让不好的苗头出现。"

孙木梓妈妈装成不知道刘轶他们天天送孙木梓。孙木梓也闭口不提此事。

孙木梓和班上的女生相处得不太好。那些女同学不太爱和孙木梓玩,还经常挑孙木梓的毛病。下课了,几个女同学一块跳橡皮筋,也不叫孙木梓。孙木梓自己走过去要求参加,她们以人多为由拒绝了她。她们中间谁有了新玩具,大家一块儿分享,孙木梓走过去,她们就把玩具收起来。这让孙木梓很苦恼。

胡灿的妈妈出差,给她买了一个新文具盒。这个文具盒很好玩，只要一打开盖子，一只小兔子就会"啪"的一下站在文具盒的盖子上。小兔神气十足，满脸都是笑，让人心情很好。文具盒里面还有几个小抽屉，橡皮、卷笔刀、修正液可以分开放。

下了课几个女同学围在胡灿的座位上玩那个文具盒。孙木梓也跑了过去。但孙木梓一去，那几个女同学就走了。让孙木梓很难堪，心里很难过。

胡灿见孙木梓不高兴，悄悄地告诉孙木梓，这些女同学不喜欢孙木梓，是因为老师喜欢孙木梓，什么机会都让孙木梓占了。她们也想去表演，也想去学校的舞蹈队，可人家不要她们，只有孙木梓一个人参加了。胡灿把文具盒拿给孙木梓看。孙木梓却没有心情欣赏了。

孙木梓回家把这件事告诉妈妈。妈妈说："这叫忌妒，是这些女同学眼红你。这些女同学的做法不对，这与你没关系，不是你的过错。她们不和你玩，你找愿意和你接近的女同学去玩。这个胡灿就挺好，她就愿意和你玩。"

"你怎么知道胡灿愿意和我玩？"

"不然，她不会告诉你这些的，不会把文具盒给你看的。"

孙木梓的心情一下好了起来。到学校后，她发现班上还是有很多女同学愿意和她玩。不喜欢自己的女同学毕竟是少数。再说，自己又没干坏事，没干对不起别人的事。

后来她发现男同学比女同学好打交道。有些女同学名堂多，小心眼多，动不动就不理你，动不动就生气，动不动就哭脸。自己有了什么高兴的事，就好像占了她们的什么便宜，让她们不高兴。

男同学不是这样，他们大大咧咧，襟怀坦荡，你成绩好，他们从心底里佩服你，从不忌妒你。有什么事找他们帮忙，他们从来不拒绝。你当课代表，去收他们的作业，他们如果没做好，总是好言好语，要求推迟一会儿交。几乎个个男同学都愿意和你玩。

这样一想，以后孙木梓有事就找男同学帮忙，不找女同学。

下了课刘轶也常来找孙木梓玩。有时，他先下课就去帮她排队打乒乓球，他自己不打，看着孙木梓打；有时从家里带水果、口香糖之类的零食给她吃。

孙木梓也喜欢和刘轶玩。因为刘轶比她大，处处让着她，让她有一种被宠的感觉。和刘轶在一起，她有一种安全感。

过去，孙木梓喜欢和表姐蕾蕾玩。孙木梓希望比自己大的人站在自己的背后，好像这样胆子大一些。蕾蕾已经上初中了，和孙木梓不在一个学校，不能帮助孙木梓了。自然刘轶就成了站在孙木梓背后的人。

孙木梓读四年级了，刘轶上初中了，和孙木梓不在一个学校了。中学功课比小学难，放学晚。加之不顺路，刘轶想送孙木梓也没条件了。自然而然，刘轶和孙木梓就生疏了。

这个学期，周老师又把座位调整了一下，她说一个人老从一个方向看黑板，眼睛容易变成斜视。孙木梓的座位从旁边调到了中间，和她同座的是个男孩子，叫杨睿。

杨睿比孙木梓小半岁，和孙木梓一样高，在男同学中算个矮的了。这孩子性格温柔，说话声音小，容易红脸。那天，刚分好座位，孙木梓想起大人欢迎人的时候总是握手，就伸出右手，对他说："欢迎你做我的同桌，希望我们今后共同进步。"

杨睿的脸"唰"的一下红得像天边的晚霞，张开嘴巴半天说不出话来。本能地把手放到了背后，好像害怕孙木梓会强迫他握手一样。

孙木梓觉得好玩，笑得喘不过气来。同学们不知孙木梓笑什么，一下都围过来。杨睿生气了，伏在课桌上，把头埋在手臂里。孙木梓只觉得好玩，对大家说："杨睿像个女孩子，连手都不敢和我握。你们看，他还脸红，像个红苹果。"

一个女同学说："孙木梓，不要说了，他不喜欢别人说他像女孩子。他会生气的。"

杨睿真的生气了。等同学们散去，他从文具盒里拿出一支彩色笔，在课桌上画出一条分界线。

虽然他什么也没说，孙木梓知道，杨睿的意思再明白不过了：今后，你的手不准越过这条分界线，我和你划清界限。孙木梓又想笑，杨睿怎么用这种低级办法来对付自己？她看了看杨睿，然后双手伏到课桌上，右手尽量伸张，伏到杨睿那边去。

杨睿张了张嘴巴，终究没有说什么，孙木梓一脸的笑，伸手不打笑脸人。

从这开始，杨睿不大和孙木梓说话，但孙木梓是课代表，天天要收他的日记，有时要收他的作业，他从来不胡搅蛮缠，乖乖地递给孙木梓。只不过他还是不和孙木梓说话。有时孙木梓的手臂过了界线他也无所谓。

孙木梓觉得杨睿像个女孩子，她不喜欢女同学，也不搭理他。反正班上还有那么多同学，下了课有的是人玩。

校园里的小天使

两个人相安无事，只不过孙木梓有时也觉得别扭，上课时有了什么新想法要找个人说说却不能和同桌说，要回过头去找后面的同学说。

和杨睿不同的是，班上的男同学见孙木梓坐到中间来了，从她身边经过时，总要去招惹她，有的人是去扯一下她的辫子，有的是去拍一下她的头，有的是在她的课桌上拍一下。对于这些，孙木梓奋起反抗，在教室里追着他们打。在打打闹闹中，他们赶走了精神疲倦，迎接下节课的到来。

这些也会引起一些小心眼的女同学眼红，她们也希望有人和她们闹，但男同学都喜欢孙木梓，只和孙木梓闹。

这天放学，孙木梓和同一个小区的一些男女同学说说笑笑回家，正好碰到了提前回家的蕾蕾。蕾蕾见孙木梓他们这样快乐，满脸的羡慕。

孙木梓问蕾蕾："蕾蕾姐，你们中学不是比我们小学放学晚吗，我从来没有碰到过你，今天怎么碰到你了？"

"我妈妈打电话到学校里，给我请了假，让我提前回家。我到你们小学部来接亮亮，亮亮在学校肚子痛。亮亮快叫姐姐。"亮亮今年读二年级，他们姐弟不像，蕾蕾像爸爸，亮亮像妈妈。大人说一般男孩像妈妈的多，女孩像爸爸的多。

蕾蕾对那些同学说:"你们先回家吧,我和我表姐好久没聊天了,我们说说话。"

等其他同学都走了,只剩下蕾蕾和孙木梓时,蕾蕾表情严肃地悄悄问孙木梓:"你们天天这样结伙回家?"

"这有什么不对吗?"孙木梓从蕾蕾的表情上发现问题严重,丈二和尚摸不着头脑,不知发生了什么事。

蕾蕾想了半天,才说:"要是我妈妈看见我和一些男同学这样勾肩搭背在街上走,会打断我的腿。"她没有正面回答孙木梓的问题,而是拿自己说事。

"为什么呀?不可以吗?"孙木梓弄不明白,和同学走在一块儿犯了什么错误。

"和女同学可以,和男同学不行。"蕾蕾进一步说明。

"为什么女同学可以,男同学就不行?"孙木梓还是没有弄清楚。

蕾蕾看见孙木梓不懂,就懒得和她解释,只说:"以后你会明白的。你现在小,长大了你就会明白。"

"这是大人说的话,什么事他们不想和你解释,就说:你不懂,长大了你就会懂。你怎么也学他们的样?"

蕾蕾说:"你确实太小了,说了你也不懂。"

"你比我也大不了多少，说这样的话也不嫌害羞。"孙木梓怎么也弄不明白，怎么和女同学就可以一起走，和男同学就不行。这让她很郁闷。

蕾蕾没有生气，她看着孙木梓，心里有好多话想和要好的人说说，可是孙木梓太小了，她不懂，和她说等于对牛弹琴。

就是昨天，她妈妈无缘无故把她骂了一顿。

他们班上的班长叫董爱民，和蕾蕾从小学一年级起就是同班同学。董爱民有一个哥哥，没有姐妹。

读小学的时候，他们也不怎么来往。小学毕业的班会上，董爱民给同学们唱了一首《窗外》。他用带来的吉他自弹自唱，得到了同学们的一致好评。在大家的要求下，他又唱了两首歌，为毕业班会增添了内容，使毕业班会气氛达到高潮。

有个同学们说："这个董爱民藏得可深啦，我们同学六年，都不知道他会唱歌，也不知道他会弹吉他。他将来是个干大事的人。我爸爸说干大事的人都深藏不露。"

这给了蕾蕾留下了很深的印象。

进入中学，蕾蕾发现自己和董爱民还分在同一个班，又成了同班同学。

在选举班干部时，蕾蕾提名董爱民，说他在小学就是班长，是三好学生，深得老师和同学的信任。自己也觉得他学习认真，工作负责，对人热情。

董爱民当选班长后，对蕾蕾有一种知己的感觉，下课有事没事到她的课桌前站一站，说几句不关痛痒的闲话。

就这样，连蕾蕾自己都觉得他们两个人比和其他同学走得近一点，平时有什么事，自己拿不定主意，就去找董爱民，避开其他人商量。

比如学校开办了几个课余活动小组，有音乐小组，有美术小组，有作文辅导班，有数学攻坚小组。蕾蕾想参加音乐小组，又想参加作文辅导班。学校规定一个人只能参加一项兴趣小组，她左右为难，就找董爱民给她当参谋。

董爱民几句话就让她知道要怎么做了。

董爱民问她："你参加音乐小组的目的是什么？你想当音乐家吗？你的先天条件好吗？"

董爱民的话让蕾蕾一下就明白了自己应该怎样做了。她不喜欢当演员，她认为自己没有孙木梓漂亮，当演员要颜值高。自己的嗓子又不好，只能唱低音。她想参加音乐小组只是自己爱唱歌，有事没事喊几嗓子。如果自己去参加作文辅导班，那倒是与自己作文基础好对口。自己早就

校园里的小天使

想将来去当记者,到大学去学中文,发挥自己的长处。

她遇到什么困难,就告诉董爱民,凡是董爱民能帮上忙的,绝无二话。

就像今天这样,爸爸妈妈不得空,弟弟在学校里肚子痛,让她去接弟弟。她又恰巧要值日,打扫教室卫生。她就去找董爱民,让他帮她值日。

董爱民会不声不响替她去扫地。其他同学看见,班长替同学顶班是常事,也没有闲话。

有一天放学,也是家里有事,蕾蕾走得匆忙,抽屉里的东西没有收拾干净,把数学书落下了。

值日的同学发现了,交给董爱民。董爱民担心蕾蕾晚上没有书做作业,就给她送来了。

董爱民送书来时,让她妈妈看见了。她马上躲起来,密切观察他们。

董爱民一离开,妈妈就开始盘问蕾蕾:"这个人是谁?他来干什么?你们关系怎么这样好?"

接下来就唠叨:"你已经十二三岁了,要和男同学拉开距离,平时少和他们接触,女孩子要知道自爱自重。"

蕾蕾真是哭笑不得,这是哪里跟哪里啊。自己还是个小女孩,班上的同学都未成年,从来就没把性别看得那样重。大家心里都是这样想，长大了的姑娘小伙子，在一起才要注意分寸。自己是没长大的孩子，还没到那个岁数，不必拘泥。妈妈这是没事找事。

她不把妈妈的话当回事，但是妈妈唠叨起来着实让人心烦，想和谁说说，却找不到人。孙木梓太小了，不是说话对象。

她觉得孙木梓太幸福了。她有一个脾气好、有文化、讲道理的妈妈。自己的妈妈文化不高不说，脾气还特别不好，动不动就骂人，连爸爸都让她三分，别说蕾蕾了。就像今天，弟弟肚子痛，大人去接一下不就得了，却要蕾蕾去接他回家。她不考虑蕾蕾去接弟弟会耽误课。

蕾蕾偏过脸去看了看因为思考没有说话的孙木梓，发现孙木梓不说话的时候也好看。蕾蕾心里就有点怨天尤人：老天不公平，什么好事都让孙木梓占了。她有一个那么温馨的家，还长得这样漂亮。自己要是也这样漂亮就好了。想到长相，蕾蕾就感到自卑。蕾蕾的眼睛小，鼻梁不高，嘴巴有点翻。蕾蕾曾经想过，自己将来长大了就去挣好多钱，然后去整容，把眼睛弄大一点，把鼻梁垫高一点，把嘴巴缝小一点。那样，肯定会漂亮一点。

孙木梓到家了，和蕾蕾说了声"再见！双休日到我家来玩"就进去了。

蕾蕾家离孙木梓家不远,再走100米就到了。孙木梓回家后正要做作业,突然听到外面有哭声,好像是蕾蕾在哭。

原来,蕾蕾早上从她妈妈那儿拿了100块钱去买圆规,剩下的钱放在口袋里。回到家她妈妈问她要剩下的钱,她掏口袋找不到了。她妈妈就说她在路上买东西吃了,要打她。她跑过来想要孙木梓作证,证明她是和孙木梓一块儿回来的,路上没有去干别的事情。她还没有跑到孙木梓家,就被她妈妈逮住一顿打。

可怜蕾蕾只有挨打的份,没有着架之力。

刚好孙木梓妈妈下班回家,看见了,忙上前劝阻蕾蕾妈妈,批评蕾蕾妈妈说:"有什么事好好说,怎么能打人呢?孩子这么大了,你这样做会伤了她的自尊心的。"

"她这种人有什么自尊心。有自尊心就不会乱花钱。"蕾蕾妈妈气还没有消。

趁妈妈没有打她,蕾蕾喘了一口气,争辩说:"我没有乱花钱,可能是路上弄丢了。孙木梓可以为我作证。我和她一块儿回来的。"

孙木梓在一旁高声说:"我可以作证,蕾蕾姐姐和我一起带着弟弟回来的。我一直看着他们进门的。"

蕾蕾妈妈这才转身走了，丢下坐在地上的女儿不管。

孙木梓妈妈把蕾蕾扶起来，带回自己家。让蕾蕾洗了脸，找来药棉花塞住流血的鼻子。

孙木梓一边用手去摸蕾蕾的脸，嘴里一直不停地问："痛吗？要紧不？"蕾蕾的脸上红的红，青的青，肿胀起来。

孙木梓不问还好，这一问，引得蕾蕾泪流满面。孙木梓妈妈用眼色制止孙木梓再问下去。

孙木梓爸爸在厨房做饭，出来给蕾蕾削了个苹果，留蕾蕾在家里吃饭。蕾蕾很听话，乖乖地在孙木梓家吃了饭才回去。

蕾蕾走后，孙木梓说："蕾蕾姐真老实，要是我，我就不回去。"

"那你上哪儿去？"孙木梓妈妈想不到女儿会这样说，追问道。

"反正要是你这样打我，我就不回这个家。"孙木梓口气坚决地说。

孙木梓妈妈听了这话，倒吸了一口气，知道自己的女儿比蕾蕾有个性。

这件事让孙木梓很不愉快，为蕾蕾姐姐叫屈。世界上

校园里的小天使

怎么有这样不讲理的妈妈。孙木梓一直在思考，想要找个法子治治蕾蕾妈妈。要让蕾蕾妈妈知道自己错了。

第二天在学校里，她还在想这个问题。下课了，同学都出去玩了，连杨睿也出去打乒乓球了，她一个人坐在座位上不动。

这时，一个男同学进来，从她身边过，用手拉了一下她的小辫子。平常他们也是这样闹着玩的。谁知这次孙木梓不干了，她站起来，对那个同学吼："你干什么？你怎么欺负我？"

那个男同学不当一回事，说："不就拉了拉你的辫子吗？我不高兴还懒得拉。"

一向脾气好的孙木梓这次发火了，说："我告老师去，你欺负我。"

那个男同学害怕了，求饶了，说："只要你不告老师，你让我干什么都行。要不，我学狗在地上爬，行不行？"

孙木梓见他这样说，原谅他了，见台阶就下，说："那要从讲台前面爬到教师后面。"

那个男同学见孙木梓的脸色好了，态度也缓和了，就一溜烟跑了，边跑边说："谁愿意爬谁爬去，我是不爬的。"

同学们打吃喝，孙木梓笑了。

打上课铃了,这个同学从孙木梓身边过,又拍了一下她的头。孙木梓没有说话。

**心理医生的话:**

相互有好感的异性同学会偶尔牵一下手。男孩子喜欢哪个女同学,下课会拍一下她的头,扯一扯她的头发。这些都是在大庭广众面前做的,他们觉得没有必要在背后做,也不会觉得这有什么见不得人。有的女同学会生气,但是过后就忘记了,和往常一样玩在一起,彼此就像是兄弟姐妹一样。

这个时期,教师对学生产生的影响是深刻而明显的。这个时期的孩子把老师当成偶像,崇拜他,服从他,对他唯命是从。老师的期望会转化为儿童的学习动力。老师定下的规则,常常是孩子们评价自己和别人的标准。老师的影响不仅表现在知识、技能方面,而且表现在社会性发展方面。

## 3

## 女同学之间的纠纷

孙木梓上五年级了。从过完暑假回到学校，领到五年级的课本起，孙木梓好像长大了。她走路不蹦蹦跳跳了，废话也比以前少了，不懂的事不缠着大人问，而是自己先去观察，爸爸几次看见孙木梓坐在那里发呆，想入了神。爸爸对妈妈说："我们的女儿长大了，我们的言谈举止要注意，要给她做个好榜样。"

一天，孙木梓妈妈因为家里有事，比平常早一些离开了学校，恰好走在孙木梓的后面。孙木梓和几个男同学走在她的前面。孙木梓妈妈不动声色，悄悄听他们在说什么。一路上，他们说的都是老师。他们说周老师今天一定有心事，上作文课时，没有下来辅导，而是面对窗户，看着天上的云出神。后来又说数学老师的板书乱七八糟，没有条理。

孙木梓妈妈吃了一惊,这些孩子观察得还真细致,周老师的妈妈中风了,正在医院,她当然心里不安,孩子们看她的脸色就知道她心里有事。再一想,这也难怪,一堂课,学生以讲台上的老师为中心,注意力全放在他的身上,有什么能瞒得过学生。

眼看快到家了,孙木梓妈妈慢了下来,让孙木梓先回家。

孙木梓妈妈回到家里,孙木梓摆好书包正要做作业。妈妈问她:"孙木梓,你今天和谁一块儿回来的?"

"我和周刚、李骜、何玉庭他们几个人一块儿回来的。"孙木梓不在意,一边掏作业本一边说。

"里边怎么没一个女同学?"妈妈小心地问。

"我不喜欢和女同学玩。女同学小心眼,麻烦多。"孙木梓说。

"你自己不也是女同学?"妈妈反问。

"我和她们才不一样呢。"

"怎么不一样?"

"起码别人得了奖,我不会嫉妒别人,不会去挑人家的毛病,背后去说别人的坏话。"孙木梓说起这事很生气。

## 3 女同学之间的纠纷

"你怎么知道别人背后说你的坏话？"

"反正有人告诉我。那次数学比赛我得了一等奖，这些女同学在背后说，我的试卷和何武的一样，我得了100分，何武只得了98分。是老师喜欢我，包庇我。"孙木梓很激动。

"你没亲耳听别人说，就不能肯定别人说了这样的话。"妈妈帮她分析。

"可是，那个来告诉我的人亲耳听见了呀！"

"要是那个人挑拨离间，想你和女同学不团结呢？"

孙木梓想了想，不相信妈妈的话，说："那个来告诉我的同学是我最好的朋友，他不会说假话的。"

"你要团结所有的同学，不能只和男同学玩，不理女同学。"妈妈教育她。

"妈妈，你先出去，我要做作业。"显然，这话孙木梓听不进去。她对妈妈的话有抵触情绪，赶妈妈出来。

孙木梓妈妈知道一时半会儿难以说服孙木梓，只能慢慢来。

晚饭前，孙木梓把作业做完了。晚饭后她和妈妈说要去表姐家看看。

孙木梓到蕾蕾家时，蕾蕾家正在吃饭。

蕾蕾家开的是家庭旅馆。原来也就四层楼，十几间房子。后来生意好，他们家买了旁边那家的房子，又加高到六层，这样就有二十几间房子，办了食堂。生意做大了，自己忙不过来，就请了几个服务员，蕾蕾爸爸妈妈就只负责管理。

自从蕾蕾家扩大了旅馆，孙木梓就没有来过。平常孙木梓白天上学，晚上做作业，双休日她还要上钢琴班、书画班。再说，孙木梓不喜欢蕾蕾的妈妈，虽说是表姨妈，但孙木梓对她没有一点好感，不但怕她，认为她像母老虎，而且讨厌她，不想见到她。今天是妈妈批评了孙木梓，孙木梓不知妈妈说得对不对，来找蕾蕾姐姐讨教，才不得不来。

蕾蕾见孙木梓来了，放下饭碗，带孙木梓到自己房间里去。蕾蕾的房间在一楼，隔壁就是她爸爸妈妈的卧室。蕾蕾的房间用木板隔成了两间，里面一间是储藏室，放一些备用的被子、枕头、床单。

蕾蕾的房间收拾得很有情调。床上铺着白色的床单，放着红花套被，同样花色的枕头。枕头上坐着一个金发碧眼的洋娃娃。床头的柜子上放着一只公鸡形状的闹钟。窗户下的书桌上除了一台电脑之外，全都堆满了书。房间里

## 3 女同学之间的纠纷

一尘不染,一看就知道这是一个爱清洁的女孩子的卧室。

孙木梓一进来就喊:"哇,你有电脑?"

"我们家有几间高级客房,今年配备了电脑。我说我经常要查资料,吵着要。我爸爸就顺便也给我安了一台。我妈妈本来不肯,见爸爸松了口,才没反对。"

"你能教我玩电脑吗?我的几个同学家有电脑,常在我面前说电脑游戏好玩。反正我家没电脑,他们说的我也不懂。"孙木梓到底是孩子,看见蕾蕾有电脑,把自己到这儿来的目的都忘了。

"好的。不过,你晚上不做作业吗?我晚上有作业要做,还要辅导我弟弟。我得先辅导他,才能自己做作业。这样一来,总是弄到十点多钟才睡。你能等到那时候吗?"蕾蕾不想教孙木梓,怕她弄坏了自己的电脑,所以这么说。

孙木梓肯定不能等到那时候,周老师规定晚上9点以前睡觉。这样一来,孙木梓对电脑的兴趣没了,这才记起自己的使命。孙木梓问蕾蕾:"蕾蕾姐,你们班的女同学讨厌吗?"

"我们班的女同学不讨厌,我和她们都玩得好。"蕾蕾成绩不好,她在班上从来不趾高气扬,总是小心翼翼地和人相处,所以,没有人嫉妒她。她不理解孙木梓的处境:

"你们班上的女同学讨厌？是一两个人讨厌，还是全都讨厌？"

"差不多全讨厌。没有几个我喜欢的。"孙木梓如实说。

"如果全班女同学都不喜欢你，那你就要考虑是不是自己有什么地方做得不好。"蕾蕾想了一下说。

"不是她们不喜欢我，是我不喜欢她们。"孙木梓更正。

"是一码事。只是说法不一样而已。"她俨然是个大姐姐，而且很有威严。

"我没做什么对不起她们的事，可是她们老找我的麻烦。"

"那为什么她们不找别人的麻烦，只找你的呢？"

"我比她们成绩好呗。"还有一句孙木梓不好意思说，那就是"我比她们长得漂亮呗"。孙木梓没有说是因为蕾蕾长得不好——不是一般的不好，而是有点难看。

"那就是你骄傲了，人家看不得骄傲的人。我就对那些骄傲的同学特反感。"

孙木梓觉得在这个问题上，自己和表姐谈不到一块儿。表姐不理解自己，表姐说的那些道理自己也不能接受。就说："我不和你说了，我要回家。"回家路上，孙木梓认为表姐水平比自己高不了多少，她不相信自己，也帮不了自己。

孙木梓走后,蕾蕾看了看弟弟的作业,借口到同学家去拿书,溜到另外一个同学家玩去了。这个同学离她家不远,几分钟就到了。蕾蕾去的时候已经有两个同学在那儿玩。蕾蕾去了刚好4个人,就玩扑克升级。

她们一边打扑克一边聊天。一个说:"我真讨厌上课。我一进教室就头痛。一打上课铃,瞌睡就来了。老师说话的声音就像催眠曲,他一开始讲课,我就要睡觉。"

一个说:"难怪你每次考试都得第1名。"她挖苦这个同学次次考试是倒数第1名。

这个同学反唇相讥:"你这是五十步笑百步,你又比我好多少。下次我好点考,把这个第一让给你。"

"其实,我上课不像你们,我和那些成绩好的同学一样听课,一样做作业,但是总考不好。是不是我真的比他们蠢,脑壳笨。"蕾蕾苦恼地说,"因为考得不好,我对学习一点兴趣也没有,但我只能强迫自己学习。我爸爸妈妈说了,我们家的家业将来是我弟弟的。我要靠自己读书考上大学,再去找工作,养活自己。"这不像一个十二三岁孩子说的话。从她的话里可以感觉到她背上了的沉重的思想包袱,有成年人一样的忧患意识。

"有些人没读大学一样生活。有的人还挣大钱，成了老板。"一个同学安慰蕾蕾，也是安慰自己。

玩到十点多钟，她们怕家长找到这儿来，自动散了。

回到家里，蕾蕾打开电脑准备上网。这时她爸爸从她门前经过，说："作业做完了就早点睡。明天还要上学。"

蕾蕾回答说："知道了，我再找一点资料就睡。"

蕾蕾把门闩牢，打开QQ。蕾蕾的QQ名取得很美，叫"山茶花"。

她进入同学聊天室，马上就有人找她聊天。因为自己学习不好，她找一个自称是教师的人聊，向他请教，怎么样才能搞好学习，提高成绩。

那个人根本就不是教师，对蕾蕾提的问题回答得风马牛不相及，所以聊了一会儿就露出了马脚。蕾蕾很生气，骂了句"你是骗子"就下网了。聊过几个晚上后，蕾蕾觉得网上这些人都不说实话，却老想套你的实话，千方百计打探你的真实身份，有点讨厌。她不想聊天，时间又还早，就去网上浏览。

突然，她看到一张照片，是一男一女两个人搂抱在一起，嘴对嘴在亲吻。她还是第一次看到这种照片，不由得脸发热。她的第一反应是门关好没有，她起身看了看门锁，

摸了摸保险，确定保险扣好了，又回到电脑旁，把这张照片放到最大化。看了一会儿，她又用鼠标点击，到处找这样的照片看，直到她爸爸妈妈等全部旅客睡了，来敲她的门，她才熄灯关了电脑睡觉。临睡前，她很高兴，因为她找到了一个可以消磨时间的事，而且可以一个人玩，在家玩，不影响别人。

有些图片特别刺激，看这些图片时，蕾蕾感到面红耳赤，热血沸腾，特别新奇。

蕾蕾妈妈发现，近来蕾蕾回来得早，回来了也不到外面去，总是躲在自己的小房间里上电脑，门也关得死死的。开始，蕾蕾妈妈以为屋子里有人，有两次强行要进去。蕾蕾关了电脑打开门，神态很坦然。蕾蕾妈妈就再不去管她了。蕾蕾妈妈认为只要蕾蕾是一个人在屋子里，就不会有什么问题，是安全的。除了要她辅导弟弟的作业，其他时间不管她。

这个双休日，蕾蕾的同学约她出去玩，说她们已经有三个人了，玩扑克三缺一。蕾蕾跟妈妈请假，妈妈让她带上弟弟。妈妈的条件是一箭双雕，既有人带弟弟，弟弟又可以监视姐姐。

蕾蕾到了同学家，果然三个同学在等她。同学给了她弟弟一个游戏机，她们四个人就打扑克。说好了，输了的一方请客吃牛肉串。

蕾蕾今天手气很好，她吹牛皮说："我今天想请大家撮一顿，就是没有资格，牌太好了。"

大家正玩得高兴，吴彤的哥哥来了，说家里有事让吴彤回家。蕾蕾她们不依，说开始就约好了的，玩一天，你半路上走了其他人怎么办？

吴彤的哥哥吴江国说："吴彤只去一会儿，她回来还可以接着玩。"

有人提议，把吴江国扣下，等到吴彤来了再放吴江国走。

吴江国也同意留下来替妹妹打牌。

吴江国比吴彤大六岁，高中已经毕业了，没有考上大学，也没有找到合适的工作，现在在家待着。人长得比较英俊，已经像个大人了。

吴江国一上来就代替妹妹和蕾蕾打对桌。打了几盘，吴江国发现这个貌不惊人的蕾蕾谈吞诙谐，善解人意，牌桌上总是她把握全局，于是对她有了好感。总是没话找话和蕾蕾谈："你和我妹妹是一个班的？"

"你说呢？"蕾蕾知道他明知故问，也就不正面回答。

## 女同学之间的纠纷

"你家住在哪儿?"

"我爸爸妈妈住哪儿,我就住哪儿。"大伙一阵哄笑,为蕾蕾聪明的回答叫好。

"你干什么,跑到这儿查户口来了。"

吴江国不得不换个话题:"打扑克不好玩,现在上网最好玩。"

"上网也不好玩,那些打打杀杀的游戏只有男同学喜欢玩,我们不喜欢玩。"蕾蕾表示自己上过网。

"那你不会找人聊天?"吴江国说。

"聊天也不好玩,网上的人说的都是假话,没有一个人说真话。"

"那你没有找对人。我在网上就不说假话,哪天我和你聊聊。你的 QQ 名是什么?"

"我没有上过网,没有 QQ。"蕾蕾不肯把网名告诉他。

吴彤回来了,吴江国就走了。临走时,他对蕾蕾说,只要你上网,我会在网上找到你的。

过了几天,蕾蕾打开电脑,就有信号闪烁,有个叫"雨露"的人请求她把自己添加为好友。一看留言,原来是吴江国。蕾蕾满腹狐疑,吴江国怎么会知道自己的 QQ 号的?就是吴彤也不知道呀!但是既然人家已经点名是找自己,拒绝也不好,于是就同意接受他为好友。这样20岁的吴江国就成了十四岁蕾蕾的网友。

吴江国比蕾蕾成熟,他虽不完全了解蕾蕾,但他妹妹是蕾蕾的同龄人,妹妹喜欢什么会告诉他的。

开始,他们只聊一些家务事,比如家里几个人?爸爸干什么?妈妈干什么?爸爸妈妈对你好不好?弟弟上几年级?听话吗?

后来吴江国觉得两个人熟悉了一些,对蕾蕾有了一些了解,尽讲一些蕾蕾爱听的话。比如书难读,学难上,成绩难上去。学校生活没有意思,不如早点出去打工,自己挣钱养活自己,不靠父母。还说自己正在找工作,马上就可以自立了。

渐渐地,蕾蕾把吴江国看作知己,对他无话不说。

蕾蕾内心深处有一个没有告诉任何人的秘密,她的妈妈是后妈。

蕾蕾四岁那年,他们还住在乡下。一天,妈妈说肚子痛,爸爸用摩托带着她到城里来看病,回去后,大家问得的是什么病,爸爸说得的是癌,肝癌。

蕾蕾太小了,不知道什么叫肝癌,别人问她妈妈得了什么病,她无所谓地告诉别人:"妈妈得了肝癌。"她的态

## 女同学之间的纠纷

度就像说妈妈脸上有脏东西一样轻描淡写。她不知道，肝癌是种凶猛的病魔，它将要带走她的妈妈。

不到半年时间，蕾蕾的爸爸花光了家里有所有积蓄，还是没有能救得了她妈妈。

那天，爸爸用车把妈妈运回来了。妈妈躺在房子中间的木板上，用手帕盖着脸。

蕾蕾走过去叫她："妈妈，妈妈。"

妈妈没像从前一样起来搂住她，亲她，而是躺在那里一动不动。

这时，一个奶奶对她说"孩子，妈妈睡着了。不要去打扰她"，牵着蕾蕾走了，把她送到姑姑家。她再也就没有见到过妈妈。

有时，爸爸来看她，她总问爸爸："妈妈为什么不来看我？是我不乖吗？"

五岁那年，爸爸把她接回了家，指着一个女人对她说："以后，她就是你妈妈。"

蕾蕾问："我妈妈呢？我的妈妈到哪里去了？"

爸爸说："你妈妈死了，再也回不来了。现在，她就是你妈妈，叫妈妈。"

蕾蕾哭着说："我要我自己的妈妈，我不要她做我的妈妈。"

蕾蕾从此知道死是很可怕的事,一个人死了,就回不来了。她只能接受这个妈妈,但是她叫得很少,因为,她心里的妈妈不是她。

因为蕾蕾不亲近自己,这个后妈也不喜欢蕾蕾。她照顾蕾蕾的吃穿,给她洗衣做饭,但没有像亲生母女一样的贴心。

后来,他们家搬到城里来了,邻居们没有人知道蕾蕾的妈妈是后妈。

妈妈生下了弟弟后,对她就更冷淡了。

蕾蕾觉得妈妈和自己不亲,总觉得自己是外人,只有爸爸妈妈和弟弟才是一家人。妈妈对自己,还没有孙木梓的妈妈对自己好,但她也不说,连孙木梓都没有说过。

认识吴江国后,她终于找到了一个可以吐露自己心扉的人。当她和吴江国说了这件事后,精神上轻松了好多。她从吴江国这里得到了从爸爸妈妈那里没有得到的关怀,感受到了爸爸妈妈没有给过她的温暖。她觉得世界上只有吴江国关心她,把她放在心上。她把和吴江国聊天当作自己每天的大事来做。

每天晚上他们都上网聊天。时间一长,吴江国嫌打字

## 女同学之间的纠纷

麻烦。想见面聊，时间又是个问题，蕾蕾放学回家吃了饭，做完作业，已经是晚上了。晚上家长一般不准女孩子到外边乱跑。蕾蕾见吴江国有手机，就用压岁钱也买了一个手机。

有一次，他们终于找到了一个约会的时间。吴江国用手机约蕾蕾在茶馆见面。他们在火车厢似的茶座里面对面坐着，怕别人听见他们的谈话，都把头靠近中间。

临走时，吴江国出钱买的单，蕾蕾争着出钱，吴江国不让，说："我知道你家很有钱，但如果和女孩子出来让女孩子买单，那男士很没面子。"

蕾蕾为了照顾吴江国的面子，让他买单。

以后，只要有机会，吴江国就带着蕾蕾出去玩。蕾蕾不爱学习，特别贪玩。这样吴江国很快就获得蕾蕾的好感。

蕾蕾觉得很幸福，不过，她觉得这幸福好像是偷来的，因为，她时刻担心碰到熟人。她不怕熟人，是怕熟人回去告诉爸爸妈妈。她并不觉得这是干了坏事，但她知道爸爸妈妈反对她和男孩子玩，而且，妈妈说出来的话很难听。

一个星期天，吴江国带着蕾蕾去公园玩。碰上了在公园里玩的孙木梓。孙木梓坐在湖边看书，看见蕾蕾和一个男同学开着电动船往人少的湖边去了。孙木梓就绕圈子来到他们停船的地方，把蕾蕾吓了一跳。

蕾蕾让吴江国把船靠岸，把孙木梓拉上船，告诉她这事千万不能让人知道，也不能告诉孙木梓的爸爸妈妈。要是传出去，蕾蕾妈妈会把蕾蕾打死。

孙木梓不以为然，说："这有什么，我就是不喜欢和女同学玩，喜欢和男同学玩，我还告诉妈妈了。妈妈也没说什么呀。"

蕾蕾说："我和你不同，我比你大。"

"比我大就不能和男同学玩？"孙木梓不理解，她看了看吴江国，"不过他不像同学，像个大人。"

为了让孙木梓答应回去不告诉妈妈，蕾蕾提出让孙木梓晚上到她家来玩，教她玩电脑。

为了让蕾蕾教自己玩电脑，孙木梓信誓旦旦表态，绝不把今天看见的事告诉妈妈。

晚饭后，孙木梓跟妈妈请假，说到蕾蕾姐姐那儿去玩。妈妈让她早点回来。明天要上学。

蕾蕾没有食言，孙木梓来了，她就打开电脑给孙木梓玩。当孙木梓看到一男一女接吻的画面时，很是好奇，说："蕾蕾姐姐你快看，这两个人在亲嘴。"

蕾蕾说："这有什么奇怪，他们喜欢对方呗。"

"喜欢就要亲嘴吗？小时候，妈妈总是亲我。是不是妈妈和我谈恋爱。"孙木梓回忆。

"这跟和妈妈亲嘴不同。"蕾蕾听了，哭笑不得，和她说不清楚，懒得和她说。

"有什么不同？你和男同学亲过嘴吗？跟昨天我看见的男生亲过嘴吗？"孙木梓问。

"哎呀，你说什么呀！羞死人了。这话怎么能乱讲。"蕾蕾脸红了，也生气了。过了一会儿，她问孙木梓，"你没看过电视上两个人亲嘴吗？"

"没有，我这是第一次看见。我爸爸妈妈说电视看多了会成近视眼，平常不准我看。只晚饭后看一会儿少儿频道。那里面都是唱歌跳舞。"孙木梓大大咧咧地说。

"小声点，我妈妈听见会骂人的。"

从蕾蕾家回来，孙木梓说不出的兴奋。她说不清为什么自己喜欢看一男一女亲嘴。自己家没电脑，但蕾蕾姐姐说电视里有亲嘴的节目。于是第二天晚饭后，她借口看少儿频道，拿着遥控器到处找，终于找到一个电视剧里有两个人在接吻。电视比电脑屏幕大，看得更清楚。孙木梓站在那儿看呆了。可是，电视里的人只亲了一下就没有了，她站在那儿等。

妈妈过来了，问她："你在看什么？"

"我在等着看别人亲嘴。看看，又来了。"这时正好电视里又出现了两人接吻的镜头，孙木梓拉着妈妈看。

孙木梓妈妈看着女儿那天真无邪的表情，哭笑不得。心里埋怨这些制作电视剧的人，不管什么电视剧，动不动就把这样的镜头搬上来。她想马上关了电视机，又觉得不妥，这样会造成孙木梓对这种事更大的兴趣，于是等这个镜头一完，她马上关了电视机，催孙木梓去做作业。

第二天，孙木梓回家去开电视，怎么也打不开。她要妈妈帮她开，孙木梓妈妈装模作样开了几下，说："这电视机坏了。明天叫你爸爸找人修修。"

孙木梓妈妈这是想釜底抽薪，但她只能在自己家抽薪，社会大着呢，你家电视机坏了，别人家电视机也坏了吗？自己家看不到，孩子可以到别人家看。

电视机坏了，看不成别人亲嘴了。对孙木梓来说，这不是什么大事，她还小，对这事没有太大的兴趣，不看就不看呗。孙木梓又找别的玩儿去了。不过禁不住她到了别人家，别人在看，她在旁边看。

这天，蕾蕾邻居家的阿姨对蕾蕾妈妈说："你们家蕾蕾今年多大了？"

## 女同学之间的纠纷

"满了十四,还没有十五岁。"蕾蕾妈妈起疑心了,问她,"你问这个做什么?你是不是看见我家蕾蕾在外面做什么了?"

"没有没有。上个星期天有人约我到茶楼见面,看见别人家的小孩子,也只有蕾蕾这么大,和一个男孩子在茶楼里玩。我们觉得他们坐茶馆年龄太小了。"

虽然阿姨没有说破,但蕾蕾妈妈眼睛里哪能揉得下沙子。等蕾蕾放学回来,她不管三七二十一,把蕾蕾叫到自己的卧室里,把门窗关好,问她上个星期天上哪儿去了。

"上午我在家做作业,还帮亮亮改了作业。下午去了同学家。"

蕾蕾妈回忆,那天上午蕾蕾是在家。于是重点查下午:"下午你在谁的家里,不准乱讲,我要去调查的。"

本来蕾蕾想随便说一个同学,但听妈妈说要去调查就不敢乱说。干脆不开口。

蕾蕾妈妈认为蕾蕾不敢说在哪个同学家,那就是她和男孩子去茶楼了,于是火冒三丈,伸手就打了蕾蕾一下,踢了她几脚,说:"以后不管去哪儿都要请假。如果发现你和哪个男孩子出去玩,我就当众打你,让你臭名远扬,看你要脸不要脸。"蕾蕾妈妈终究没有抓到实据,蕾蕾也没有承认，她只能这样收场。

**心理医生的话：**

　　孩子对友谊的认知也是发展的。低年级的孙木梓认为那些经常和自己一块儿玩的同伴是朋友。中年级的孙木梓认为相互信任、相互帮助的人才能成为朋友。班上的女同学嫉妒她，她就不把她们当成朋友，甚至不和她们玩。

　　十岁的孙木梓对性别还没有深刻的理解，还处在一种懵懂状态。她不喜欢和女孩子玩，是因为觉得女孩子小心眼，不好相处。

　　孙木梓要看男女接吻的镜头，孙木梓妈妈处理得很得当，她以平常、坦然之心对待孩子的好奇，没有硬性阻止这件事，没有把它神秘化，激发孩子的好奇心。

　　蕾蕾已经十四五岁了。正处在人生的转折期，由儿童期向青春期过度，这时的她带着一种审视的眼光看待周围的事物。她对老师、家长由原来的全依赖变成观察考虑后再决定。她从后妈那儿得不到温暖，感情孤独，精神生活单调，加之理想和励志教育缺位，使她产生了一种交友的渴望。这时，只要谁给她一点温暖，在她面前扮演保护者的角色，她就会投入谁的怀抱。所以，家长在这个时期要多关心他们，不但要关心他们的学习状况，关心他们的身体健康，更要关心他们的情感需要和心理健康。

## 4 你不是小孩子了

孙木梓十一岁了，上小学六年级了。

孙木梓是独生子女，在家里过着饭来张口，衣来伸手的日子，对将来没有明确的目标。爸爸妈妈怕她学习压力大，累坏身体，常说：我们对孙木梓的要求是先成人，再成才。从来不给她增加课外的作业，晚上九点就让她睡觉。她的这种比较懒散的学习作风，当然不可能取得好的名次。你要知道，人家家长都望子成龙，望女成凤，在家加班加点辅导，或请人上门辅导。这次期中考试，孙木梓的名次又往后挪动了几个位次。由原来的十名，变成了现在的十五名。老师在班上不点名地说了这种现象：有的同学，成绩下滑。我记得她原来是班上的头几名，现在成了十几名了。

孩子们下课后议论，说有的人是绣花枕头，外面好看，里面装的是烂棉花。

有的女生因为嫉妒孙木梓的长相，正好有了发泄的地方，当面指责孙木梓说：光漂亮有什么用。人长得漂亮，成绩不好，这叫"金玉其外，败絮其中"。考大学要的是成绩，又不凭长相。

另一个女同学说：她就会臭美，没有真本事。

一次，有个女同学邀大家春游。孙木梓回绝了她，因为自己家早就有了安排，准备让孙木梓爸爸驾车出去，一家人一块儿去踏春。这个同学以为孙木梓是不愿意加入她们的小圈子，就背后说她清高、傲慢。

本来就对女同学有成见的孙木梓，更加不爱理女同学了。有时，她故意和男同学打打闹闹，想气气那些女同学。于是又有女同学说她轻浮。

一天，孙木梓和一些男同学一块儿回家，像往常一样，他们不分男女，勾肩搭背一起走。他们觉得很自然，没有什么不寻常的地方。因为书包很重，几个男同学争着帮孙木梓背书包。可跟在他们后面的孙木梓妈妈看见了，心里不舒服。当时她没说什么，只不过加快脚步从他们身边经过。回到家里，吃完饭，刚一放下碗和筷子，孙木梓妈妈就对孙木梓说:"你坐下,我跟你说个事。"

看到妈妈一脸的严肃,孙木梓乖乖地坐下,不说话。

"你今年多少岁了?"妈妈提了个奇怪的问题,她难道不知道孙木梓多少岁?

"今年十二岁了。"孙木梓本不想回答,但见妈妈不是开玩笑,她有点儿害怕,又觉得这个问题实在没有必要回答,轻轻地说。见妈妈半天没有说话,又补充说,"不过还没有满。"

看妈妈的样子孙木梓也知道她正在斟酌字眼,妈妈开口了:"你知道吗?十二岁就不是小孩子了。"

"那我未必就是大人了。"孙木梓不想这么早就当大人,当小孩好玩一些。犯了什么错误,爸爸妈妈会以她年纪小原谅她。

"当然还不能算大人。但不是儿童了。"妈妈说。

"那为什么六一儿童节还让我们参加庆祝会?"孙木梓反驳说。

妈妈知道这样谈下去孙木梓会纠缠不清,于是换了个谈法:"到了你们这个年龄,男女应该有别,女同学不能和男同学混在一起玩,像昨天那样,和男同学在大街上搂搂抱抱,追追打打,不成体统。"

"我们没有搂搂抱抱。"

"那就是勾肩搭背。"

"为什么？"

"不为什么？就是不行。你长大了就知道了。"

"你们大人懒得和我们讲道理，或者是讲不出道理，就老是说你长大了就会明白。你刚才不是说我已经长大了吗？"孙木梓不满，她要问个究竟。

"男同学和女同学性别不同，走路勾肩搭背不成体统。"孙木梓妈妈不知要怎么样说女儿才明白。

"你以前不是和我说，男生和女生是一样的人，只是性别不同。现在又说男同学女同学在一起走不成体统。都是你说的，到底信哪句？"

孙木梓妈妈估计和她争辩不会有结果，丢下一句话："以后不许你和男同学太亲密。理解也要执行，不理解也要执行。"等孙木梓走了，孙木梓妈妈和孙木梓爸爸谈起这件事时说："是不是我操之过急，女儿还没到那个时候。她对性别真的一点感觉也没有。她还没长大，还是个孩子。"

妈妈的话让孙木梓落到了云雾山中。她从来认为，两个人抱一下，或是亲一下那才算亲密。但她从来没有和任何人亲密过。她不理解男同学为什么就不能和女同学玩。

从小时候起，她就认为男孩子和女孩子不同就只有一点，其他的都一样。那么他们长大了就变了吗？妈妈的规定让孙木梓对男孩子产生了浓厚的好奇。她是个听话的孩子，妈妈要她别和男孩子玩，她就不和男同学来往。不过，她和女同学关系不好，又不能和男同学玩，她在班上就显得孤独。

今天下了课，一个男同学来叫她，说他们为她占了一个乒乓球台，要她去打乒乓球。她想起妈妈的话，没有去。

第二节课下课，又有男同学喊她去打篮球，她也没有去。

第三节课是体育课，分组活动时，有男同学邀她做游戏，她也不去。她坐在树荫下，看着在运动场上跑来跑去的男同学，琢磨不透，这男同学和自己有什么不同。

这个年龄段的孩子都有自尊心，你不理他，他也就不搭理你。有几个特别关心孙木梓的男同学中午吃饭时跑过来问孙木梓是不是病了，是不是有什么心事。孙木梓记住妈妈的话，不理他们。他们也就走了。只有一个叫钟令贤的，不管孙木梓用什么脸色对他，他就是不走，总在孙木梓周围转悠，时不时看孙木梓一眼，那眼神里充满担忧。

放学了，孙木梓为了不和男同学一起回家，故意在教室里拖延时间。她估计同学们全都走了，值日生要扫地时才离开教室。当她刚跨出校门,一个人影闪了过来,跟在她的身后。她回头一看,是钟令贤。孙木梓问钟令贤:"你鬼鬼祟祟跟着我干什么?"

钟令贤这才走上来说:"我总觉得你今天怪怪的,你不理人,不和我们说话,老是闷闷不乐的样子。我估计你一定有什么为难的事。我怕你急坏了,想帮你,你又不理我。我没办法,只好跟着你走。"

钟令贤的话让孙木梓心里一热,其他同学只要你不理他,他就不理你。这个钟令贤,赶都赶不走。就对他说:"谢谢你。其实我没什么事,就是有点不舒服。"

钟令贤马上说:"你哪儿不舒服,要不要去医院?要不要去药店买什么药?"

"不要什么药。你先走吧,我等我妈妈。"说着孙木梓停下来,让钟令贤先走。

钟令贤听孙木梓说没什么事,蹦蹦跳跳地走了。

孙木梓看见钟令贤对自己这样关心,对自己这样忠诚,如果要交朋友的话,这个钟令贤值得交。可是妈妈不许自己和男同学放学一起回家,还会同意自己和男同学交朋友吗?

一天,因为孙木梓放学后在教室耽误了时间,所以,她在路上碰到了上初二的蕾蕾。蕾蕾正在和人通电话，冷不防从路旁蹿出个人来，吓了她一跳，差点把手机丢了。蕾蕾正在和吴江国通话，他们约好晚上骑摩托车去兜风。她担心孙木梓听到了他们的谈话，问孙木梓："你听到我们说什么？"

"没听到什么，只听到最后一句，晚上见。"孙木梓实话实说，她没想到这里有什么秘密。

"那你不能告诉任何人。"蕾蕾叮嘱她。

孙木梓又想不通，一句"晚上见"有什么了不起，还不能告诉别人。

她哪里知道，她的表姐蕾蕾这是在和人约会，对方就是她那次在公园里看见的吴江国。

蕾蕾和吴江国在网上聊天，开始，他们只聊家里的事，后来就聊爱好啦，家庭啦，感情啦，越聊越开心，一天不聊就像丢了魂一样烦躁不安。

吴江国已经二十一二岁了，现在在烟酒公司工作。他天天开着摩托车替公司送烟送酒，时间很机动。他每个月有固定收入，虽说不多，但供蕾蕾这样的中学生玩还是够了。

蕾蕾今年十六岁，正处在青春期。在家里她觉得弟弟独占了爸爸妈妈的爱、爸爸妈妈的关怀，自己被冷落了。在学校里，自己成绩不好，又觉得老师对那些成绩好的同学特别关心，得不到老师的重视。她也反省自己，想找到自己比别人强的地方，但她看不到自己的长处，于是很自卑。别人都在发愤学习，她却对前途悲观失望，认为上大学对她来说，几乎是不可能的事。关于前途在哪里，她十分渺茫，为此感到烦恼和苦闷。

蕾蕾想找人谈谈，她想世界上最亲的人应该是父母，她对父母还是很依恋的。有时，她非常希望爸爸妈妈放下手中的事，听她讲一讲心事，帮她指出前进的方向。

可是，每当她做好思想准备站在爸爸妈妈面前时，总是被爸爸妈妈粗鲁地打发去干什么事："你喊我有什么事？没事的话，你去三楼看看空调还能不能用，不能用就坏了，要找人来修。"

"你有什么事吗，没事去买桶油回来，厨房里没油了。要买植物油，不要买调和油。"

和父母的态度相反，当蕾蕾心中苦闷，要找人倾吐时，吴江国随喊随到，来了就默默地当她的听众，为她气愤，为她不平，附和她的每一个观点，赞同她的每一个意见，愿意陪同她去干任何事。

他常带蕾蕾到她想去的地方玩,去逛街,去吃东西,去上网,去滑冰。他很大方,每次都是他出钱。

他迎合蕾蕾的心理,告诉她,人要有出息不只有上大学这一条路,好多人没上过大学,一样干出一番大事业。比如俄国大作家高尔基,他没读什么书,却写出了《母亲》《我的大学》那样的世界名著。就是身边,也有很多成功人士并没有大学文凭。再说,读书太辛苦了,太枯燥了,怪不得学生不爱读书。

精神空虚的蕾蕾就爱和他在一起。她成绩不好,就爱听他说这样的话。缺少感情生活的蕾蕾,就愿意被他宠。觉得和他在一起轻松,没有思想负担,没有压力。

忙碌的蕾蕾妈妈终于发现女儿有点不正常,有一次,蕾蕾又关上门一个人待在里面不出来,蕾蕾妈妈没敲门闯了进去,蕾蕾正在打电话,她神色慌张,马上挂断电话,并埋怨妈妈偷听她的电话,侵犯了她的隐私权。

一次蕾蕾妈妈的一个朋友告诉她,自己亲眼看见蕾蕾单独和一个男生在大街上走,非常亲密。当时,这个朋友为了证实是蕾蕾,还亲自跑过去追着看,因为慌里慌张,还不慎扭伤了脚。

蕾蕾妈妈以前只是猜测,不能肯定,现在听人说得明明白白，非常震惊，也非常气愤，要揍蕾蕾。

蕾蕾的爸爸冷静一点，和她妈妈商量，说不能一开始就打骂教育，要搞清楚情况，要和蕾蕾说清道理，读中学的阶段，不能交男朋友。假如是误会，蕾蕾只不过偶尔和这个男同学走在一起，是人家少见多怪，冤枉了她，那也不好。假如蕾蕾真的和这个男同学关系好，她不听你的，你打她一顿，她恼羞成怒，破罐子破摔，那更不好收拾。

蕾蕾妈妈认为她爸爸说得有道理，先按下自己心里的火，准备和蕾蕾好好谈谈。

等到蕾蕾晚上回来，蕾蕾妈妈对蕾蕾说："你有时间吗？我和你谈谈。"

蕾蕾一看妈妈那铁板一样的脸，就猜到自己和吴江国的事被妈妈知道了。妈妈要谈的肯定是这件事。就说："我今天作业特别多，只怕做到十二点钟还做不完。没时间。"

蕾蕾妈妈只好说："那就明天吧。"

蕾蕾妈妈要找蕾蕾谈谈，蕾蕾一天推一天，连推了几天。一天，蕾蕾妈妈不管三七二十一，硬敲开蕾蕾的房门，闯了进去，蕾蕾爸爸也跟着进来了。

蕾蕾妈妈苦口婆心地劝女儿不要交男朋友，要她为自己的前途着想，把精力放到学习上来，不要把时间浪费在交男朋友上。又列举了读书时期就交男朋友的种种危害，比如，影响学习，影响自己的声誉。

妈妈苦口婆心地劝导，讲得头上冒汗、口飞白沫，蕾蕾一言不发，无动于衷。妈妈终于忍无可忍动手打了女儿，母女俩的关系陷入僵局。

蕾蕾的爸爸没收了蕾蕾的手机，想切断她和吴江国的来往。

吴江国知道后又给蕾蕾买了一部新手机，一张新的手机卡，蕾蕾仍然和他偷偷联系。

不过现在蕾蕾家对她管得很严，不管家里生意多忙，她爸爸每天送她上学，接她回家。蕾蕾找不到外出的时间，这段时间和吴江国没法见面。于是，他们增加了电话联系和网络联系。他们在视频上见面。

蕾蕾爸爸又把蕾蕾房里的电脑搬走了，这难不倒蕾蕾，她可以到客房里去上网。一次，她和吴江国在网上聊得正起劲，忘乎所以，蕾蕾妈妈找了来，气得把手里的暖壶向蕾蕾砸了过去。好在那是个空暖壶，不然蕾蕾不被砸伤也会被烫伤。

以后，蕾蕾妈妈把空置客房都上了锁，没来客人不开门。

## 你不是小孩子了

蕾蕾忍受不了和吴江国不能见面的日子,开始想方设法逃学去网吧上网。

有一天,蕾蕾爸爸把蕾蕾送到学校后,蕾蕾假装肚子痛,向老师请假,说要去看病。学生病了,要去看病,这是正当理由,老师如果不准假可有点不近情理。老师怀疑蕾蕾是不是真的病了,放下手里的事,和蕾蕾谈了一次话。

"钱蕾蕾,你今天是真的肚子痛吗?"

"我不痛干吗去看病。"

"有人说你经常去网吧上网。"

"谁说的?他说这话要负责任的。"蕾蕾矢口否认,非常反感。

"如果上课时间去上网,那就违犯了校规。学校近日为了防止学生上网,经常派老师去网吧巡视。你如果去上网就会被抓到,那是要受处分的。"老师警告她。

结果,蕾蕾一出校门,直奔网吧,被跟在后面的老师看见了,老师打电话告诉了蕾蕾爸爸。

蕾蕾爸爸妈妈找到网吧来,要把蕾蕾带回家,蕾蕾不肯回家,在网吧拉扯起来。

蕾蕾妈妈要打蕾蕾,蕾蕾爸爸阻止了她,说:"孩子已经十五六岁了,打是解决不了问题的,只能好好和她谈。"

蕾蕾妈妈说:"我又不是没有和她谈过。你说得口起白沫,她没事人一样,把你气个半死。"

一直没有说话的蕾蕾说话了:"以前,我想过找你们谈,你们老是说没工夫,这样忙,那样忙,把我晾在一边。现在你们想找我谈,我又不想和你们谈了,我觉得我们之间隔阂太深了,有了代沟,我们之间已经没有共同语言了,谈不拢了。你们知道我现在心里在想什么吗?你们不知道吧,不知道我心里想什么,我们谈什么?"

蕾蕾爸爸问:"你说要怎么办?"

"我们都想想。冷静下来再说。"蕾蕾说。

蕾蕾爸爸妈妈没办法,也只能慢慢来。

蕾蕾一转身去了孙木梓家。

孙木梓近来思想也复杂起来了。自从妈妈不让她和男孩子多接触以后,她突然觉得本来平常的男同学变得神秘起来。妈妈越是不让她接触男同学,她越是认为和男同学玩有意思。常常一个人坐在那里回想以前和男同学相处的一些趣事。想到以前放学经常和男同学一起回家,那时候其实还没觉得有什么,但是现在回想起来反而觉得很浪漫温馨。

生活中,其他男同学见孙木梓一天到晚板着脸,就不去招惹她。只有钟令贤，不屈不挠，像只跟屁虫，跟在孙木梓后面。孙木梓去看打篮球，他也去。有人进了球，孙木梓鼓掌，钟令贤就叫好。

一天，孙木梓想起电视里男女青年亲嘴的镜头，突发奇想，想试一试是什么滋味，悄悄对钟令贤说："吃了午饭，你到体育馆后面的围墙边等我。"

体育馆和围墙之间有一块空地，只有两张桌子那么宽，平时没人去那儿。钟令贤吃了午饭乖乖地站在那儿等孙木梓。不一会儿孙木梓真的来了。她向外面看看，没人跟着来，也钻到这个狭缝中来了。

钟令贤问孙木梓要他到这里来干什么。孙木梓光笑不说话，过了一会儿，孙木梓闭上眼睛，双手背在身后，对钟令贤说："你亲亲我吧。"

钟令贤不相信自己的耳朵，不知道该怎么办，站着不动。

孙木梓等了一会儿不见动静，睁开眼睛。说："亲嘴你不会吗？"

钟令贤大着胆子，小心地把自己的嘴印上去。谁知孙木梓一下抱住了钟令贤，把钟令贤吓了一跳。

可是没过两秒钟，孙木梓主动松开了手，丧气地说：

"没有一点味,还没有小时候妈妈和我亲嘴有味。"说完就走了,把钟令贤丢在那里发呆。

**心理医生的话:**

一般从五六年级开始,孩子们会感觉到男女生有界限。有的女孩子开始就对特定的男同学有好感,但仅仅有好感而已。老师和家长要知道,孩子长大一点后,自然会对异性产生好奇心理,这是青少年成长中的一种正常现象。

和异性同学交往是青少年的正常需要。青少年受自身心理发展水平所限,有时会出现一些误解,一种是把与异性交往看得过于神秘,以致产生不良态度,好像和异性交往就是不正派。有的人为了表明自己纯洁,不与异性同学来往。其实青少年故意疏远冷淡异性同学,正表明他对异性的关注。一种是过于亲密,错误地看重友谊,把同学友情抬高到一个不恰当的位置。这些不正确的心态,严重影响了异性同学之间的正常交往,影响青少年的心理健康。

孙木梓妈妈不让孙木梓和男生交往,造成了孙木梓对男同学的好奇,反而使她过分关注男生,产生要亲自体验亲嘴的感觉的荒唐念头。

蕾蕾妈妈发现蕾蕾和男同学交朋友（她还不知道是男青年），采取打骂、限制交往等严厉措施，其结果对蕾蕾造成严重的心理伤害，导致蕾蕾产生逆反心理，公开反抗。

孩子对异性产生好奇，建议家长、老师要进行"冷处理"，让其冷静下来。因为青少年的感情一旦被异性吸引，就容易在认识上将对方偶像化，在感情上神圣化。

家长、老师要特别关心那些性格孤僻、不大合群的孩子。经验告诉我们，被爱是人的本能需要，孩子感情脆弱，更需要亲情和友情。我们要处处关心他们，给他们充足的爱。另一方面要鼓励他们向前看，要帮助他们树立远大的目标，为实现自己的目标去奋斗。使他们精神有所寄托，精力不会过剩，不会有闲暇时间去找其他刺激。

## 5 真是神经过敏

一年后,孙木梓是中学生了。

因为孙木梓上的是九年制学校,升入初中后,班上有的同学转走了,也有新同学转进来了,但她和钟令贤、周宇轩还在一个班。

进入初中之后,孙木梓发现好多事情的做法与小学不同。就拿功课来说,比小学复杂了,多了几门课程。老师换了,教了他们六年的周老师不教他们了,换了一个男老师当班主任。这个老师姓向,戴副眼镜,教他们班的数学。

向老师好像一开始就防范男女同学之间发生什么故事,在编座位时,安排男同学和男同学坐,女同学和女同学坐。不像周老师那样不在意男女性别了。这样一来,有的坐在前面的男同学就比坐在后面的女同学高。

## 真是神经过敏 5

孙木梓和钟令贤还是要好，她和钟令贤就像哥们一样，两个人常在一起玩，但他们的交往仅仅限制在校园里，出了校门各自回家，谁也不找谁。孙木梓妈妈跟踪过几次后，没发现他们有什么不同，就不管他们了，认为他们之间不会发生什么事。管多了反而会像上次一样，适得其反。

孙木梓妈妈想的没错，孙木梓和钟令贤就像姊妹兄弟一样，他们在一起没有不自然，没有想到对方是异性，纯粹把对方当成同学，只是关系密切一点，有事叫得勤一点。

虽然他们是朋友，有些事钟令贤还是只能放在肚子里，不能和孙木梓说。

这个学期，从外地转来一个叫何潇潇的女同学。她中等个头，皮肤非常白净，像婴儿一样细嫩，这样就衬托出她的那双眼睛特别黑，水汪汪的，像一潭清泉。不记得哪本书上说过，"眼睛是心灵的窗户"。因为这双眼睛，钟令贤对她的第一印象很好，认定她是个纯洁可爱的女同学。不过，虽然她的座位在钟令贤前面，钟令贤一抬头就可以看到她，他却不大注意她。

何潇潇引起同学们注意是因为那次小考。

那次数学小考的题目有点偏，最后的那道应用题大家没有见过，钟令贤用了几种方法都不行，每次做完之后再验算，答案都错了。弄得他抓耳挠腮，坐在那里干着急，非常烦躁。

他一抬头，发现何潇潇也停下笔坐在那里思考，孙木梓也坐在那里搔头，连周宇轩都在咬笔头，他心情稍微好了一点，心想：做不出的不是我一个人，大家都做不出吧！

第二天，老师公布成绩，全班只有何潇潇是满分，大家多多少少都扣了分。钟令贤最后那道题没有做出来，还错了两道题，扣分比较多，只得了86分。

何潇潇一下成了香饽饽，下了课，好多女同学围在她的课桌旁边，问她怎么做出来的，连孙木梓都在看她的试卷。

何潇潇说："我也是瞎猫碰上了死耗子，碰巧了。这道题，暑假我提前预习了，我爸爸帮我解析过，正因为它难，所以我印象很深，现在做起来就容易。说不定下次考试，碰到我不会的题，又会考砸。"

同学们都说她太谦虚了。

一个男同学说："何潇潇，过分的谦虚等于骄傲，你老实告诉我们怎样才能对付那些应用题吧。你该不是保守，有好办法瞒着，不想告诉大家，想自己次次考第一吧。"

何潇潇这才说："我爸爸说，学数学定律很重要。所以

## 真是神经过敏

每次老师教定律时,我都听得可认真啦,如果觉得理解得不透彻,我一定在课堂上弄明白。我回家还要把这些定律背熟。不是死记硬背,是一边理解一边背诵。这样,做起难题,我能熟练地运用各种定律,让问题迎刃而解。我的数学成绩比语文成绩好。"

孙木梓说:"哇,你说人家为什么能考第一,她多睿智,多有毅力。"钟令贤也觉得自己不如人家。

从那以后,不知为什么,钟令贤一见何潇潇就有点紧张,心里"嘭嘭嘭"跳得响,但又很想看见她。如果哪天她来迟了,钟令贤坐在教室里就会心不在焉,注意力不能集中。等到她来了,钟令贤才能安心学习。钟令贤心里想,这是怎么啦,我和孙木梓打交道都没有这种感觉。他总想把自己的感觉告诉别人,让人帮助自己判断一下,这种感觉属什么性质。但这是个人的隐私,只能告诉最好的朋友。自己最好的朋友是孙木梓,可惜她是个女的,不方便和她说。他有点不通情理地埋怨孙木梓:你怎么不是个男同学!

课间休息,钟令贤不去找孙木梓了,总是去找何潇潇,想方设法和她搭讪,和她说得最多的是学习上的事,题目这样做对不对,这篇作文我写了些什么,你说老师会认为我扣紧了主题吗,课堂上我为什么没发言……

后来,钟令贤发现,他和孙木梓在一起非常放松,想说什么就说什么,不用考虑。和何潇潇在一起时自己特别小心,总怕她看不起自己,只要何潇潇对自己笑,心里就没来由地快乐,没有看见何潇潇他会有失落感。

一天晚上,钟令贤妈妈的一个同事打来电话和她聊天。后来钟令贤爸爸问她妈妈:"和这个同事聊了些什么,聊了这么久?"

钟令贤妈妈说:"她很苦恼,她女儿读高中,和同学早恋,怎么样打骂都不起作用,成绩下滑得很厉害。她问我有什么好办法没有。"

"孩子早恋,就没有心思读书了,这可是个伤脑筋的事。"爸爸也为这个同事着急。

爸爸妈妈不知道钟令贤听到了他们的谈话,也不知道这个晚上钟令贤很晚才睡着,因为钟令贤突然有个古怪想法:我是不是喜欢上何潇潇了?我才多大,才进初中。我是不是很坏?别人知道我喜欢女同学,会不会说我是流氓?

一连几个晚上钟令贤都没睡好。晚上睡不好,白天打不起精神。而且,他看到何潇潇就觉得别扭,尴尬,不知

## 真是神经过敏

要不要和她打招呼。

向老师发现了钟令贤情绪不正常,上课老是走神,就和他爸爸通了电话,让他爸爸找一找原因。

昨天吃过晚饭,钟令贤回房学习,正要关门,爸爸跟着进来了。他似乎很随意地问钟令贤:"儿子,这段时间还好吧?有没有什么特殊情况?"

"没什么,一切都挺好的。"钟令贤敷衍他。

"怎么没精打采的,是不是生病了?"爸爸伸手摸了摸钟令贤的额头,"没发烧。那是为什么呢?"爸爸看着他,一脸的疑惑。

钟令贤没说话,他不知应该怎么办。

爸爸坐下来,开诚布公地对钟令贤说:"你们老师说你近来精神不好,好像有什么思想顾虑。你能不能和爸爸说说,是不是和哪个同学闹别扭了?是不是发生了你自己解决不了的为难事?是什么事让你背上了思想包袱?"

钟令贤心想:能不能趁这个机会问问爸爸,我喜欢何潇潇算不算早恋?他犹豫不决,因为他怕爸爸批评他。

爸爸又说:"没关系,你不要把我当成长辈,就把我当成你的朋友,当成你的同学,想说什么就说什么,说错了也没有关系,我不怪你,也不告诉别人。"爸爸鼓励他说。

爸爸的话让钟令贤觉得特别亲切，感到他不是居高临下的家长，是自己的好朋友。既然说错了也没有关系，那就说吧："爸爸，我不知道怎么啦，喜欢上了一个女同学。"

爸爸听了钟令贤的话，脸上的表情紧张起来，眼睛里充满惊讶。心里嘀咕：这算什么事？你才多大？停了一会儿，他笑着说："别急，你慢慢说给我听。"

钟令贤就把自己对何潇潇的感觉说给爸爸听，最后问爸爸："我这是早恋吗？我是不是坏孩子？别人知道会不会都不理我？"

爸爸没有马上回答他，在屋子里踱来踱去。过了一会儿，他坐在钟令贤的对面，问他："你知道什么叫早恋吗？"

"不知道，大概就是两个年纪小的人谈恋爱。"钟令贤猜想着说。

"你知道什么叫爱情吗？"

"不知道。"钟令贤老老实实回答。

"你连什么叫爱情都不懂，又怎么会早恋呢？"爸爸态度坚决地否认钟令贤早恋。

"那我喜欢何潇潇是什么呢？"钟令贤放下了包袱，但他想弄明白这是种什么感情。

"你喜欢玩电脑吗？"爸爸问。

## 真是神经过敏

"喜欢。"这与玩电脑有什么关系。

"能说你和电脑恋爱了吗?"爸爸问。

当然不能,钟令贤没有回答,这用不着回答,太简单了。

"你喜欢吃西瓜,能说你和西瓜谈恋爱吗?"

当然不能,钟令贤不说话。

"我记得你小时候喜欢幼儿园的一个叫达达的小女孩,能说你和达达恋爱了吗?"

"喜欢和恋爱是两码事,你们这个年龄,不可能恋爱。你喜欢何潇潇,这是单纯的喜欢,就像你喜欢达达一样。何潇潇聪明,爱学习,成绩好,你对她产生了好感,其他同学也一定对她有好感。不光男同学喜欢她,女同学也喜欢她,这是正常的。同学之间不友爱,那才是问题。现在是你把问题看严重了,别人谁也没有以为你早恋,你把早恋的这顶帽子抢过来,硬戴在自己头上。"

钟令贤想,正像爸爸说的,孙木梓也喜欢何潇潇,好多女同学也喜欢何潇潇。钟令贤干脆什么都说出来,"为什么我看见她就会心跳加快?"

"你喜欢奶奶吗?"爸爸问钟令贤,奶奶住在乡下。

"喜欢。"这还用说。

"假如现在奶奶来了,你会不会高兴得心跳加快?"爸爸又问钟令贤。

钟令贤回答:"我会高兴得跳起来。"他想了想,那时候自己会心跳加快吗?会的,自己一遇到高兴事就心跳加快。

爸爸说:"人遇到高兴事,看见喜欢的人,心跳加快是正常的。"

钟令贤松了一口气,原来是这么回事,幸亏问了爸爸,要不然,自己没法从这牛角尖里钻出来。

爸爸又说:"你可以继续和何潇潇讨论作业,一起解答数学题,没有人会认为你们早恋,不要神经过敏,自找麻烦。"

第二天上学,钟令贤看到何潇潇态度自然多了,钟令贤对她笑了笑,她也对钟令贤笑笑。钟令贤想:我们是同学,同学之间友爱是天经地义的,不要无事生非,神经过敏。他记住了爸爸说的话。

这段时间孙木梓也很少和钟令贤在一起玩,她也有伤脑筋的事,她妈妈李老师总是疑神疑鬼,叫她受不了。

读小学时,孙木梓把妈妈是老师当成一种炫耀的资本,很自豪,有一种优越感。六年小学读完以后,孙木梓算是彻底认识了她妈妈。

她认为当妈妈的学生真幸福,妈妈对学生的关心爱护真是无微不至,学生做错了什么,她都能原谅他们,特别耐心地做他们的思想工作。

做她的女儿可绝对不幸,大概她的耐心全用在学生身上了,对女儿简单粗暴,什么都管,清规戒律又多,不许孙木梓边做作业边听音乐,不许乱放东西,不许剪男式女发,就连孙木梓今天和他们出去玩穿裙子还是穿裤子也得依她的。没有道理可讲,理解得执行,不理解也得执行。爸爸在她面前都俯首帖耳,孙木梓又有什么办法?忍呗。

今年孙木梓上初中了,李老师刚好送走小学六年级毕业班,她的研究生文凭也到了手,就申请教初一。这下惨了,孙木梓分到了她的班上。

为了初中三年的自由,为了自己的独立人格,孙木梓坚决斗争,不肯到妈妈的班上去,并以不上学为要挟。

这次爸爸和孙木梓站在同一立场,他劝李老师说,假如孙木梓有事意见和她不一致,当着同学的面和她顶撞起来,会影响她的威信。

为了自己的威信,李老师这才让步,要求学校调整,把她换到了另一个班当班主任。孙木梓胜利了。

开始,孙木梓和妈妈还算是和平共处,相安无事。孙木梓回想起来,庆幸自己当初英明,坚决不和妈妈在同一个班。

孙木梓初二那年,李老师教中学有一年时间了,工作习惯了,顺手了,压力小了,她有精力来考虑怎样管理女儿了,她认为到了初二,孙木梓的学习应该紧张起来了。

李老师规定,每天放学女儿要和自己一块儿回家。她口头上说是担心孙木梓的安全,其实孙木梓知道,她这是借口,是害怕孙木梓人大了,主意多了,不走正道,是防患于未然。

李老师当然不会把这种想法放在嘴巴上讲,孙木梓也不挑明。

李老师要求,放学母女要一道回来。这事很麻烦。不在一个班,放学当然有先后,平常不是李老师站在孙木梓教室门口等她,就是孙木梓站在办公室门外等李老师。很累!

随着孙木梓年龄的增长,李老师对她越来越不放心,孙木梓不在的时候,李老师常常偷偷翻女儿的书包和抽屉。孙木梓当着爸爸的面向她提出过抗议,李老师总是当面承认错误，过后仍然我行我素。孙木梓只好坚壁清野，把日记本、流行歌曲磁带和一些杂志藏到妈妈找不到的地方。

今年，孙木梓班上转来一个叫曾景毅的男生，是孙木梓爸爸的同事曾伯伯的儿子。住在孙木梓家前面一栋楼。刚好孙木梓座位前面的一个同学因病休学，座位空出来了，老师就让他坐那个同学的座位。反正他个子不高，也不碍孙木梓什么事。这个学期新同学多，同学们也没太在意。

谁知这个貌不惊人的小男生几个星期后让大家对他刮目相看。数学老师这次出的考试题目超出了教材范围，何老师要求同学们利用现有的知识去解答，有很大的难度。大家估计老师这是对学生进行心理磨炼和应变能力的培养。考场上，同学们叫苦连天。结果，全年级几个班只有几个同学得了满分，其中就有曾景毅，连何潇潇都没有得到满分。一夜之间，曾景毅成了班级名人，常有外班的男生找上门来认识他，做课间操时，不少女生也远远地对他议论纷纷。不过，这事一阵风一样过去了。

上次何潇潇考得好，其实孙木梓心里不服气。她不是刚好预习过吗，自己没学过，当然考不过她。

这次情况不同，大家都没有学过，在同一条水平线上。不过孙木梓倒是很佩服曾景毅，她认为自己学习很刻苦，费了吃奶的力，也没有做出来，才得84分，曾景毅居然全做出来了，那他确实比自己聪明。

这样一来，孙木梓突然发现曾景毅坐在自己前面有好处，如果有问题问他，只需敲敲他的背，他反过身来和自己讨论，方便得很。

一天放学时，孙木梓和曾景毅为了一道数学题的运算方法发生争执，其实孙木梓心里已经承认曾景毅说的那种方法更简便，但孙木梓就是不肯轻易认输，强词夺理。他们从上课争到下课，从下课争到放学。

值日的同学要扫地，催他们回家。他们一边走一边争，一张卷子，我抢过来，比比画画说我的对，他抢过去，口水四溅说他的正确，一个比一个嗓门大，都想用嗓门压倒对方。不知不觉到了家门口了。一抬头，孙木梓看见妈妈站在门口正板着脸看他们。孙木梓马上松开抓卷子的手，和曾景毅分开来走。

已经迟了，回到家，妈妈喋喋不休地说教："你已经不是小女孩了，举止要稳重，要和男同学保持距离，不要和男孩子拉拉扯扯，别人看了会认为你为人轻浮。"

孙木梓知道妈妈是为了她好，而且妈妈已经很给她面子，怕伤她的自尊心，没有把她的担心直接说出来。

可做妈妈的没有想到，这些措辞已经伤害了孙木梓的自尊，什么"拉拉扯扯"，什么"轻浮"，能这样说吗？女孩子怎么啦，女孩子就不能和男同学说话了？孙木梓接受不了。躲进小屋不出来，也没有吃晚饭。

妈妈又怕孙木梓饿坏了身体，跑到外面买了她爱吃的馄饨做给她吃。一再表白自己这样做是为了孙木梓好，只是方法不好。

孙木梓也知道妈妈是为她好，天下父母都为自己的儿女好。这点她懂。要不是这样，孙木梓早就和妈妈闹翻了。

以后，孙木梓怕和曾景毅接触时被妈妈看见，说出一些令自己伤心的话，下课也不和曾景毅讨论数学题了。

孙木梓不理曾景毅，曾景毅有点莫名其妙，可能男孩子的自尊心更强，他也不理孙木梓。

孙木梓看着曾景毅的后脑勺，猜想曾景毅一定在心里骂自己阴阳怪气，名堂多。她又不能向他解释，总不能对他说：我妈妈不许我和男同学接近。

一天，曾景毅突然没有来上学。向老师让孙木梓放学后去他家看看，因为孙木梓家离曾景毅家最近。

放了学，孙木梓没有回家，先去了曾景毅家心想这是向老师安排我去的，我不能不服从安排，讲价钱。

曾景毅病了，看样子病得很重，躺在床上迷迷糊糊。

孙木梓问了他半天才知道他爸爸出差去了。

他妈妈和他爸爸离婚了，他是奶奶带大的。奶奶老了，他爸爸才把他接到身边来了。现在家里没有其他人，病了也没人送他上医院。

当前最重要的是送他去看病。他病成这样子自己是不能走到医院去的。孙木梓只好回去求大人。

孙木梓的爸爸妈妈对这件事倒是挺热心的，因为除了孙木梓是曾景毅的同学之外，孙木梓的爸爸和曾景毅的爸爸还是同事。他们和孙木梓一块儿把曾景毅送到医院看了急诊，爸爸又掏钱给他买了药。从医院回来，李老师让孙木梓回家做作业，她留在曾景毅家照顾他，喂他吃药，给他做吃的，帮他收拾屋子，一直忙到很晚才回家。

那天晚上妈妈对曾景毅一定特别的好，让曾景毅感动得一塌糊涂，曾景毅病好后特地对孙木梓说："你妈妈真好，是世界上最好的人。我真羡慕你，有个这样好的妈妈。"

孙木梓脸上苦笑肚里痛。曾景毅只知其一，不知其二。那天孙木梓上曾景毅家去了，第二天早上妈妈盘问了她好长时间。妈妈问孙木梓怎么会想到要到曾景毅家去看他，怎么知道他病了，老师怎么不派其他同学去。

这些话孙木梓又不能告诉曾景毅。

这以后，曾景毅特别想亲近孙木梓的妈妈，经常主动到孙木梓家来。

孙木梓猜想，曾景毅的妈妈不在他身边，他自小缺少母爱，遇到一位像妈妈这样对他好的人，大概就像口渴的人看见了泉水，喝了还想喝，想喝个够。

李老师没有阻止曾景毅上自己家来。说李老师喜欢曾景毅有点言过其实，说她怜悯曾景毅更确切。李老师给他做好吃的，有时帮他洗洗涮涮，催他理发，换衣。曾景毅的爸爸老出差，有时李老师留曾景毅在自己家吃晚饭。也许这是当老师的职业病，对所有的学生都怀有一种无私的母爱，李老师想用自己的关心来弥补他失去的母爱。

曾景毅也不客气，有时在他们家吃了饭做完作业才回家。

曾景毅在李老师家做作业，孙木梓求之不得。全班同学都承认曾景毅的数学解题能力很强，她想多和曾景毅接近，看看他到底怎么学习的，有没有别人不知道的秘密武器。

曾景毅告诉孙木梓，从小他们家大人就不管他的学习，或许是没人管他,他的书读得很杂。天文、地理、历史、哲学、小说,什么都读。他说,别以为这是不务正业,其实,书读得多,知识涉猎面广,融会贯通了,能增强自己解决问题的能力,像上次那样的考试题,读死书的同学就无法攻克它。

听了曾景毅的话,孙木梓想:我的智商并不比他差,只是学习方法没有他的好,知识采撷面没有他宽。

从此,放学后,他们经常在一块儿,接触多了相互更了解,一点隔阂也没有,说话也就很随便。只是李老师在场时,孙木梓还是特别注意,别让妈妈逮着什么不是,又来唠叨。曾景毅不知其中的猫腻,他想到什么说什么,从不顾忌什么。

不久,孙木梓觉察到,妈妈不放心自己和曾景毅在一块儿学习,常常躲在黑暗里偷看他们。这让她很不高兴,像有人疑心她偷了东西一样,既烦躁,又不好解释,真是无可奈何。

一天晚上,孙木梓和曾景毅在一起学习,一道很复杂的工程问题把曾景毅给难住了,而孙木梓在一本课外辅导书上看见过这道题,其实只需用另一个法则,就势如破竹。不一会儿她就做出来了,得意地把答案伸到曾景毅面前。

## 5 真是神经过敏

曾景毅不肯看，他自信地说能把它做出来。过了好一会儿，他还没有做出来，孙木梓有点炫耀地把答案又伸到他鼻子底下，他闭上眼睛把本子推开。

就在这时，孙木梓发现妈妈站在门外的黑影里不声不响地盯着她。她一惊，马上坐了下来，预感到妈妈又会为自己刚才的顽皮小题大做了。

果然，第二天早上，从孙木梓起床那一刻起，妈妈就跟在她后面滔滔不绝地训她，训得她没吃早点就逃了出来，妈妈还不罢休，追到门口说："你自己好好想一想。"

孙木梓在心里愤愤不平地想：什么呀，天下本无事，无风三尺浪。神经过敏！你干吗老是盯在性别上，你像我一样把他看成一个普通同学，不要管他是男同学还是女同学，这不就什么事也没有了。

这一天，孙木梓一直没有理曾景毅。她一看见曾景毅就生气。在心里埋怨他，如果他不到自己家去，哪来这么多的事，让自己怄这样的气。

曾景毅马上意识到孙木梓是故意不搭理他的，他不知自己做错了什么，想问孙木梓。每当老师转身到黑板上写字时，他就回过头来问孙木梓："怎么啦？"

他见孙木梓不回答他，就写了个纸条反手丢在孙木梓桌上。孙木梓不想拿，一看旁边的同学伸手要拿，马上抢先抓在手里。

结果，这节课两个人都没有认真听。

这天晚上，曾景毅还是到孙木梓家来了。两个人默默无言各做各的作业。过了一会儿，曾景毅突然说："有个人的试卷在我这儿，不知她要不要。"

孙木梓一听就知道是物理小考卷子发下来了，可能是下课自己上厕所去了，他帮自己拿的。孙木梓一直不理他，他没机会给孙木梓。

"给我。"孙木梓板着面孔说。

"那你告诉我，我什么地方得罪你了？"曾景毅趁机要弄明白这个问题。

"你没地方得罪我。"孙木梓仍然板着脸说。

"那你为什么不理我？"曾景毅把孙木梓的卷子收进他的书包。意思是你不讲明白，我就不把卷子给你。

孙木梓急于知道自己考得好不好，就站起来，去抢他的书包。

曾景毅为了不让她抢到手，把书包举到头顶上。

孙木梓踮起脚伸手去拿，曾景毅身子向后倾，把书包举得远远的，地板砖光滑，他的重心不正，凳子滑动，他

## 5 真是神经过敏

连人带凳向后仰摔倒在地上。

孙木梓的手扯着他的书包,也被他连带摔了下去,倒在他的身边。孙木梓再也绷不住脸,嘻嘻哈哈笑了起来。

他们还没爬起来,李老师来了,见到这场面,脸一下就沉了下来,声色俱厉地说:"你们这像个什么样子,还不快起来。"

他们刚爬起来,李老师的数落像冰雹一样砸向曾景毅:"曾景毅,你怎么这样不知好歹,我让你到我们家来学习,是看你可怜,你怎么就这样不争气,学习不搞,打打闹闹。"李老师一着急,没有斟酌用词,没有考虑对方能不能接受,什么"可怜""不知好歹"都脱口而出。

曾景毅没有思想准备,暴风骤雨般的批评让他莫名其妙,让他的自尊心受不了,束手无策,面红耳赤地低下头不作声。这时的他,只恨地上没有缝,好让他钻进去。

李老师斥责女儿的话更重:"你也不知道自重自爱,一个女孩子,和男同学滚到一块儿去了。你还小,还是中学生,还不到时候……"

听到这里,曾景毅抬起头,脸都气歪了。他气急败坏地收拾书包,狠狠地瞪了李老师一眼,转身冲了出去。

晚上,孙木梓怎么也睡不着。她想:我做错了什么?

难道真的是我思想不纯洁，想和男同学交朋友，让妈妈这样不放心，须时时提防吗？不！不！绝对不是这样的。难道女同学就不可以和男同学往来，不可以有友谊吗？友谊，那是多么美好、纯洁、神圣的感情，为什么妈妈不允许我和曾景毅之间存在友谊呢？

曾景毅是我的同学，一个学习上比我优秀的同学，学习上可以给我帮助的人。我佩服他，最多也只不过是把他当成小老师，就是喜欢他，也和喜欢其他同学没什么区别。仅此而已。真的，再没有别的意思。

从那以后，孙木梓和曾景毅之间说不清是怎么了。他再也不像以前一样有事就回头和孙木梓讨论了。在路上他们面对面碰上了，两个人都不自然，有一个马上找借口停下来，或者是拐到旁边的路上去，避免打招呼。

有时孙木梓想：我们这是干什么？我们两个人又没有吵架，我们为什么不能大大方方地在一块儿学习，不能坦然地打招呼呢？难道真的像妈妈说的，我长大了，已经读中学，不能和男同学玩了？

孙木梓感到对不起曾景毅，她知道他很单纯，根本就没有什么和她交朋友的想法，对待自己和对待其他同学没有区别，只不过老师让他坐在自己前面的座位，上课两个

## 真是神经过敏

人说话方便一些罢了。她几次想主动和他说说，告诉他，请他放心，自己知道他是个有远大志向的男孩，没有把他想得那样俗气。

一天好不容易下课了，只有曾景毅一个人在教室里。孙木梓进去想和他谈谈。谁知曾景毅看见孙木梓，马上从教室的另一头逃也似的走了，曾景毅不给孙木梓机会。

两个星期后，数学测验，孙木梓的成绩下降了许多。她自己也知道，她为这事苦恼，分散了精力，上课没有用心听讲。

李老师着急了，更加固执地认为孙木梓是掉进了早恋的泥潭。她的规劝升级了，在她的话里什么"恋爱""爱情"这样的词都搬出来了。这些词让孙木梓脸红身上发臊，心"怦怦"地跳。孙木梓没法和妈妈解释，妈妈不相信解释，唯一的办法是让事实说话。因此，每天放学，孙木梓要等曾景毅走远了才动身回家。怕的就是万一妈妈看见他们离得近，又来责怪她。

孙木梓天天提心吊胆地过日子，总觉得妈妈的一双眼睛在暗中监视着她。她活得好累啊，她怀念读小学时那种无忧无虑的日子。她常想：人不长大多好，我要还是八九岁的小女孩，想和谁玩就和谁玩，不用管他是男生还是女生。

快放假了，学校准备办一台晚会，安排孙木梓和另外一个男同学报幕。晚上彩排。

孙木梓他们班上有一个男声小合唱的节目，曾景毅参加了这个节目。

彩排还没开始，这天晚上用不着报幕，孙木梓没有事，想起家庭作业中有一道题卡住了，就坐在那里冥思苦想，因为思路不对，钻进了牛角尖，绕来绕去，总不上路。这时她看见和几个同学坐在后台候场的曾景毅，他没事人一个，抬着头看天花板。孙木梓心里一动：问问他吧。

她从书包里拿出自己的作业本，跑到曾景毅面前。这时，曾景毅坐着，孙木梓拦在他的前面，他想跑也跑不了。

孙木梓把作业本交到曾景毅的手上，指给他看，说是这儿算不下去了。

舞台上正在排练节目，音乐放到了最大音量，后台这些人"叽叽喳喳"在说话，曾景毅根本听不到孙木梓在说什么。孙木梓只好把他扯到舞台和化妆室中间的过道上，这儿没人，但灯光昏暗。

孙木梓在说问题时，曾景毅看不清楚，就凑到她的跟前，两个人比比画画，正在思考。忽然听到李老师的声

## 真是神经过敏

音:"你们真是顽固,这样苦口婆心跟你们讲,你们还是分不开吗?!"

孙木梓和曾景毅一惊,这才发现其他同学都到舞台旁边看节目去了,过道里只有他们两个人。而且是挤在一起,肩挨着肩。

孙木梓叫苦不迭,怎么这样的事老是让妈妈碰上!

好在李老师怕影响不好,没有大声嚷嚷,只催促他们分开。

从那以后,孙木梓跟曾景毅就像仇人一样,他老远看见孙木梓就躲,弄得孙木梓像欠了他什么一样。孙木梓既不想见到他,又怕害得他为这件事影响学习,就老是偷偷注意他。弄得孙木梓五心不定准,沉不下心来学习。结果,期终考试孙木梓和曾景毅两个人的成绩一落千丈。

这个学期开学,孙木梓发现曾景毅转走了,转到离家很远的八中去了。同学们议论纷纷,弄不懂他为什么舍近求远,从家门口的学校转到离家很远的学校去,每天要坐公交车,多不方便。

这其中的原因只有孙木梓心知肚明,曾景毅是带着一颗受了伤的心走的。孙木梓后悔没有和他把问题讲清楚,自己从来没有误解他,一直认为他是个学习认真,热心帮助人的好同学。

曾景毅的座位上又来了一个很酷的男同学,他比曾景毅高大。

因为他比孙木梓个子高,第一天来就主动提出让孙木梓和他交换座位,并且总是给孙木梓讲笑话,让孙木梓的忧郁心情好了许多。在他眉飞色舞讲话时,孙木梓突然意识到他是个男孩子,有生以来孙木梓第一次感到男女有别,而且这个问题很严重,要认真对待。她本能地把和他放在一起的手收回,搁到课桌下面。这是从来没有过的事,是老妈的提醒,使她终于不能坦然地对待男同学了。

孙木梓很愿意听他讲话,他那些诙谐的笑话能赶走孙木梓内心的寂寞。不过,孙木梓怕和他走近了,又让妈妈产生误会,闹出不愉快。

孙木梓下定决心要和妈妈严肃地谈一次,她要对妈妈说:"妈妈,再不要神经过敏,给我造成新的麻烦了。我求求你了。"

**心理医生说：**

处在这个时期的孩子，会产生对异性的关注，甚至和有好感的异性同学发展成好朋友关系，这是很自然的事。

家长对孩子们同学之间的友谊要表示支持，帮助这种友谊正常发展。如果这种友谊是建立在学习的基础上，就更应该鼓励他们。孩子们在学习中遇到困难，相互学习，相互帮助，这对本人，对别人有什么坏处呢？

最大的问题是有的家长用成年人的思维去衡量、揣测孩子们的心理，把他们纯洁的友谊当成男女之爱的感情来防范、提防。提到异性同学交往，就神经紧张，为之色变，并加以指责、限制，让本来没有这种想法的孩子，反倒产生了这种想法。

许多因为异性交往而影响了学习的真正原因不是交往分散了精力，而是学校、家长加给孩子的巨大精神压力，对于孩子们异性交往的过敏反应。

其实，孩子这个时期是凭着好奇心去做事的，他们的社会经验少，感情经历也少，想得不远、不多，他们的感情单一，思想纯洁，远远没有家长想象得那样复杂。

由于青少年生理的不成熟，较之成年人思想纯洁，没有功利，使得这种友谊更神圣、更美好，那是人生中最纯真的感情，往往也是刻骨铭心的回忆。

有人说，中学阶段异性朋友的友谊是非常纯洁的，是难能可贵的。它有可能在将来发展成为爱情，但不是现在，也有可能一辈子就停留在友谊上，成为值得终生回忆的美好往事。

家长在这个时候最好能和他们加强沟通，帮助他们勇敢地去排除成长中的困惑，迎接新生活的挑战。最理智的家长是这个时候和孩子做朋友，耐心地聆听孩子的心声，引导他们走上和异性同学正常交往的正道，避免他们误入歧途。

## 6 孤独期的烦恼

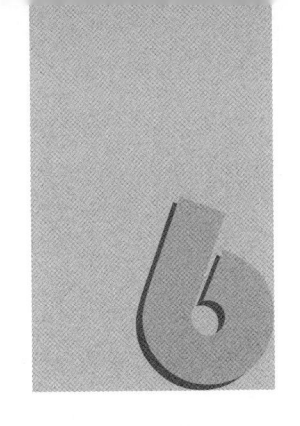

日子过得真快,孙木梓读初三了,十四岁了。

孙木梓在班上朋友少,她不大爱和女同学交朋友,觉得一些女同学麻烦多,总是有矛盾,这个和那个为做作业有意见,张三和李四又为一句话没说好赌气,王五又怪赵六那天出去玩没叫上她。孙木梓不喜欢在一起讲这些没油没盐的事,自动远离她们。

她又不敢接近男同学,妈妈在同一个学校,她像个特务一样,无孔不入,她的身影好像时时刻刻在自己身边闪动,万一她看见自己和哪个男同学接触,不知道又会出什么事。曾景毅的事就是前车可鉴,心有余悸。

不过异性同学中,还有一个钟令贤可以交往。孙木梓和钟令贤接近,李老师不反对,因为,李老师考察过钟令贤，认为他不存在危险，自己的女儿不会和他成为男女朋友。

孙木梓现在爱打扮了，每天用来梳洗的时间越来越长。学校规定上学时要穿校服，她就在头发上做文章。她本就留的长发，她不吝花费一两百块钱到美发店里去把头发拉直，做保养。星期六和星期天她从不穿校服，她穿的时装都是妈妈陪她去买的，她妈妈根本做不了她的主，她认为妈妈老土，跟不上时代，审美观点落后。

在学校里，有时高大帅气一点的男同学从窗户前经过，她会忍不住看上一眼。她还发现，有几个女同学下课后在一起嘀嘀咕咕，除了关心歌星的一些轶事，还评价哪个男生酷，哪个男生帅，甚至说到结婚、生孩子这样的事。她们还说有个高中生在网上发帖子征男朋友。孙木梓认为她们太八卦，不愿与她们为伍。

孙木梓妈妈天天在孙木梓耳边唠叨：你现在读初三了，初三是人生的十字路口，这一步如果迈不好，影响你的一生。如果考上重点中学，考大学就有希望，如果考不上重点中学，那就惨了。

她妈妈翻来覆去就是那几句话，一个意思，一定要努力，把成绩搞上去。这些话让孙木梓耳朵都要生茧子了。

孙木梓何尝不想成绩好，重现昨日的辉煌。想想小学三年级以前，次次考试得满分。爸爸妈妈骄傲，亲朋好友夸奖，何等荣耀。可是初中三年级，不像小学只有几本薄薄的课本，现在学完语文学数学，学完数学学物理，还有那该死的化学方程式、英语语法，历史地理两大门，思想品德加上生物又是两大门。孙木梓想起就头痛，别说门门要拿名次，每次考试能站在班级的中间就不错了。

这时，孙木梓开始对钟令贤不满了，因为她基本上是全力以赴，争分夺秒了。可是，钟令贤却还像从前一样，混混沌沌，得过且过。他不违犯纪律，在班上不做出格的事，不受批评不挨训，只是学习不用功，门门功课都是中下等。

孙木梓钻到课本里去了，就发现自己有很多东西没过关，一些知识似懂非懂。她一碰到自己解决不了的难题，去问钟令贤，钟令贤就摸后脑勺，很尴尬地说自己也没搞明白。这让孙木梓对他很失望，排斥他，不客气地说："你这笨蛋，走开。"

孙木梓丢下他去找老师。老师很忙，学生多，不是每次都能抽出时间帮她补习。孙木梓于是想在同学中找个能帮自己的人。女同学对自己的态度，自己早就领教了。自己成绩好的时候她们嫉妒自己,自己成绩下降了她们又讽刺自己。学习上遇到疑难问题向她们请教,她们一问三不知,伤透了自己的心。再说,女同学中比自己成绩好很多的好像也没有。孙木梓把班上的男同学一个一个筛选了一遍,班长周宇轩脱颖而出,首屈一指。他成绩好,又是班长,有责任帮助别的同学,如果自己去找他辅导,他应该不会拒绝。

一天,一道数学题难住了孙木梓,她问站在自己课桌旁边的钟令贤:"这道题你解出来了吗?"

钟令贤摸摸后脑勺说:"我还没做。"

"你不先做完作业,站在这里干什么?去去去。"孙木梓斥责他,赶他走。

钟令贤不以为然,好像孙木梓斥责他是看得起他,"嘻嘻嘻"笑了。

旁边的同学说:"没皮没脸。"

钟令贤做了个鬼脸,回自己座位做作业去了。

这时,有个同学提醒她:"去找周宇轩,让他帮你讲解。他是班长,帮助同学是他的义务。"

孙木梓犹豫了片刻,然后下定决心,拿着作业本,从教室的这边,大大方方走到教室的那边,有点矜持地对周

宇轩说:"班长,你能不能告诉我怎么解这道题。"

周宇轩没有心理准备,一下子反应不过来,愣在那里。反应过来之后,又受宠若惊,结结巴巴说:"好,好,好。"

周宇轩的讲解比老师的讲解更能让孙木梓接受,因为他是孙木梓的同龄人,思维方式基本合拍,他是按照自己的理解来讲解的。

孙木梓很高兴周宇轩没有拒绝,而且真的帮自己弄懂了这道题。她知道任何事情开头难,已经有了这艰难的第一次,下次就不成问题了。

教室的那一边,钟令贤静静地看着发生的这一切,他用手锤自己的头,惭愧自己帮不了孙木梓。

孙木梓的同学发现,孙木梓现在有什么不会做的作业就找周宇轩,不单单是数学,化学、物理题不会做,她也找周宇轩。

周宇轩好像也愿意帮她,来者不拒,有求必应。

这让一些女同学不高兴了,她们在一起"叽叽喳喳"之后,只要孙木梓准备去找周宇轩,她们中间就有一个人抢先去找周宇轩。这样,周宇轩不得不先帮这个女同学,再帮孙木梓。

现在的孙木梓老练了,她不急,在一旁等着。这节课没时间，还有下节课。

一段时间过后，班上小考。孙木梓的各科成绩上去了一点点。这中间有三个因素在起作用。一是来自爸爸妈妈的压力，爸爸妈妈让她好好想想：她要是考不上高中，将来去干什么？二是周宇轩的辅导，有人辅导到底不同。三是受周宇轩的影响。孙木梓自己也不知道为什么，她就是愿意去找他辅导，愿意在他面前表现自己好的一面。她现在每天到学校第一件事，就是用眼睛搜寻周宇轩。只要看见周宇轩，她马上安心坐下来学习。她知道周宇轩学习认真，如果自己成绩不好，他会瞧不起自己，自己得努力把成绩搞上去。周宇轩是孙木梓用来鞭策自己的动力。

现在，周宇轩的一举一动，在孙木梓看来都是那样美，像影视里面的帅哥。她就是喜欢看，百看不厌。周宇轩擦黑板，她看他像在跳舞。周宇轩值日弓着背扫地，她看他像打太极拳。周宇轩坐在那儿看书，她看他像雕像。在她的眼里，其他男同学都奇丑无比，没有一个长得好看，不是鼻子塌了，就是嘴阔了，要不就是眼睛小了，倒八字眉毛。只有周宇轩十全十美，鼻子笔挺，双眉像两把宝剑，眼睛不大不小。

孙木梓不久就发现，只要自己注视周宇轩，马上就有女同学注意她。于是她控制自己,不去看周宇轩。但越是控制自己,就越想看他。后来她想了个办法,周宇轩打篮球时,她坐在球场旁边看他,这样谁也管不着。人家不能肯定她是在看哪一个人。

后来,她终于明白,自己喜欢上了班长周宇轩。她看到他会无缘无故地脸红害羞,心里感觉怪怪的,没看到的时候还会想他。只要周宇轩去打篮球,孙木梓就去看,只关注他一个人。周宇轩进了球,孙木梓的手掌都要拍烂了。不过这一切都是孙木梓心里的秘密,她从来没有对别人讲过,而且害怕被别人发现。

周宇轩不知道孙木梓的心思。过去,他也和其他同学一样,认为孙木梓高傲,不好接近,对她很冷淡,无事不和她说话。

自从孙木梓经常主动找周宇轩辅导后,周宇轩觉得她并不孤僻高傲,也愿意接近她。于是,孙木梓抽屉里的纸条渐渐多起来。连班上最骄傲的汪洋也给她递纸条,说愿意帮助她复习功课。

有一天,孙木梓妈妈帮孙木梓收拾书包,发现了汪洋的纸条。孙木梓妈妈有了警觉,问了孙木梓很多问题,比如"这个同学怎么这样热心""他的成绩好不好""他是不是也帮别的同学""那个钟令贤是不是也给你写纸条"。最后,孙木梓妈妈提醒孙木梓:"你还是个初中生,你现在的任务是学习,你的精力要全部投入到学习中去,不要和男同学接近。"

这些翻来覆去的大道理让孙木梓不耐烦了,说:"你说的什么呀?人家不是要帮我辅导吗?"

孙木梓爸爸也用眼色制止她妈妈再说下去,背过身去,让她妈妈不要神经过敏。

连木梓的爸爸都会分析,木梓能让你发现汪洋的纸条,就说明她并不看重这张纸条,不然的话,她会把它藏到你找不到的地方。这个道理木梓的妈妈不懂,继续折腾,做了一些让木梓不高兴的事。

过两天,向老师找汪洋谈话,谈了些什么,谁也不知道,只知道他回来后再也不来找孙木梓了,看见孙木梓就像看见一个陌生的人。

这次小考,孙木梓的成绩确实又上去了一点。

孙木梓的爸爸妈妈对女儿的一点点进步都看在眼里,喜在心头。他们认为,孙木梓学习成绩呈上升趋势,说明她的精力全放在学习上了,这可是好事。

孙木梓爸爸妈妈私下聊天时说:"那次,我们幸亏没有找孙木梓谈话。她和钟令贤只是普通朋友，可能她还不懂什么叫男女朋友。"

这时，有人欢笑有人愁。在孙木梓爸爸妈妈为孙木梓的进步高兴时，钟令贤的爸爸妈妈正为钟令贤发愁。钟令贤近来茶不思饭不想，一副打不起精神的样子。问他有什么心事，他总是不开口。有一天，钟令贤突然跟爸爸妈妈说想转学，说自己不想在这个学校读书了。

钟令贤的爸爸问他："你为什么要转学呢？现在是初三，毕业班了，你突然转到一个陌生环境，同学老师都不熟悉，会影响你的成绩的。"

钟令贤支支吾吾说不出个所以然。

钟令贤爸爸很纳闷，就到学校去找老师了解情况。

向老师告诉钟令贤的爸爸，钟令贤有早恋苗头。过去他喜欢班上的一个女孩子，刚开始两人的关系进行得还比较顺利，现在，这个女孩喜欢另外一个同学，钟令贤可能自尊心受到了一点伤害，精神受到了一点打击，情绪比较低落。再加上班上一些多事的同学又讽刺钟令贤"癞蛤蟆想吃天鹅肉"，使他产生了厌学情绪，不想生活在这个环境里。

钟令贤爸爸弄清楚事情的原因后很气愤，这个孩子怎么老是和女同学纠缠,刚把何潇潇放下,又出现了一个孙木梓。他真想狠狠地揍钟令贤一顿。可理智告诉他这样做不解决问题。钟令贤现在处在青春期,好多事情他半懂半不懂。如果采取粗暴的态度去指责他,会引起他反感,产生逆反心理。要解决问题,就要和上次一样,解决他的思想问题。他思考了好久,才定出相应的对策。

那天晚上,钟令贤的爸爸心平气和地走进儿子的房间。对儿子说:"今天,我们抛开父子关系,我以朋友对朋友,男人对男人的身份和你谈谈心。"

钟令贤明白爸爸为何而来,他不说话。他准备接受父亲的批评、指责。

可是钟令贤的爸爸没有这样做,而是心平气和地跟他讲述了自己青春期朦胧的初恋。

原来,钟令贤的爸爸读高中时喜欢上了他家隔壁的一个女孩子,因为那个女孩子穿裙子很好看。那个孩子才读初中。他天天去她家玩,帮她复习功课。后来,那女孩的家里发现不对劲,全家搬走了,不知搬到什么地方去了,和他们家断绝了联系。钟令贤的爸爸很伤心,睡了几天没起床。后来还是他自己想通了,这是自己一厢情愿的事,不能怪别人。再说天涯何处无芳草,只要自己成材,男子汉大丈夫何患没人爱。于是他振作精神，努力学习，成绩很好，考上了大学。在大学认识了钟令贤的妈妈。

钟令贤的爸爸说："现在回过头来看，幸亏自己觉悟得早，如果迷恋下去，后果不堪设想。那时我不懂什么叫爱情，充其量只是对她有好感，这种好感不成熟。不一定能经受岁月的考验。我到大学了，看人的眼光不同了，要找什么样的对象自己心里有谱，我要找的对象是脚踏实地干事业、本本分分过日子的人。你妈妈就是这样的人，你也看到，我们现在很和睦，也很幸福。"

钟令贤也渐渐向爸爸打开了心扉。他告诉爸爸，他喜欢孙木梓，因为孙木梓长得漂亮。这段时间孙木梓想要自己在功课上帮帮她，自己功课不好，帮不了她。她就找功课好的周宇轩去了，天天和周宇轩打得火热。自己见他们那样亲热，心里不好受，想离开这个学校，眼不见为净。

爸爸帮钟令贤分析："早恋是一种美好的情愫，只不过这种感情变化太快，这也是因为年龄不大，心智不成熟所决定的。你和那女孩可能还没有恋情，只有友谊。那个女孩对你比较冷淡，可能是你成绩不好，不够优秀，她对你没感觉。感情是双方的，你喜欢她，她不喜欢你，这是单相思。你现在也和我过去一样是一厢情愿的事。"

他们父子俩在理解与信任中，谈了各自对校园友情的看法。钟令贤的爸爸告诉他："如果为这一点点事你就厌学的话，只会给这段纯洁的友情留下灰色的一笔。你还小，没见过世面，将来有好多姑娘比孙木梓更优秀，你要找朋友，周围都有。前提是你自己必须优秀。像现在这样懒懒散散，得过且过，不求上进，那就没有人喜欢你。好姑娘喜欢的是有事业心、有责任心的上进青年。这些别人帮不了你，你只能努力去打造自己，让自己成熟起来。你就像一棵树，现在的重要问题是加紧吸收养料，让自己快快壮大起来，成为一棵大树。古人有一句话：家有梧桐树，不愁没有凤凰来。"

对于钟令贤要转学的事，他爸爸提议说："你既然知道她并不喜欢你，喜欢的是别人，你又何必这样在乎呢，他们好他们的，你自己过自己的。他们好不关你的事，看见不看见无所谓。如果你能做到这一点，就说明你在成熟，有风度。如果还是做不到，看见他们好你就心烦，那就再想办法。我不反对你转学。"

爸爸的话对症下药，让他明白了一个道理，一个人只有自强才能获得别人的尊敬和喜爱。他决定把全部精力投入到学习上去，在学习中找回快乐，找回自我，找回尊严。

他想：当自己成为一个强者时，再来看别人对自己的态度。

通过这次谈话，钟令贤再也不提转学的事，在学校里也不围着孙木梓转了，他没时间围着她转了，他有作业要做。他看见孙木梓还是打招呼，孙木梓让他干什么，他也乐意去做，和孙木梓保持着友谊，不向前发展，不迷恋孙木梓。他将暗恋的感情升华为纯洁的友谊，为自己留下了一段美好的青春回忆。一场青春期的烦恼渐渐离他远去了。

自从孙木梓主动找周宇轩辅导她以后，孙木梓也发现自己变了，再没有以前那样活泼开朗了，不爱玩了，不爱闹了，常常心事重重地坐在那里发呆。她去找周宇轩辅导之前，会考虑什么时候去找他合适，他会不会烦自己。周宇轩辅导她之后，她又会坐在那里想：我主动找他辅导，别人会怎样看我？会说我轻浮吗？有时她想得更远：我这样是不是显得很笨？他会不会看不起我？我在他的心目中是个什么样的人？

那天放学，回家路上，她看着街上熙熙攘攘的人群，莫名其妙地琢磨起来：在人群中我显得特殊吗？周宇轩在人群中会一眼看到我吗？都说我长得漂亮，我有气质吗？我有魅力吗？然后，她和街上的女孩子比起来，一边比一边调整自己的姿势，差点和对面一个骑自行车的人相撞。

回到家,她直奔自己的房间,把房门关上,做完作业就静静地坐着,写写日记,望望蓝天白云。她还是喜欢画画。画得最多的就是猫,而且是伸懒腰把背拱起来的猫。妈妈发现了,说孙木梓的性格像极了她自己画的猫——乖巧、懒散,骨子里又有些独立与倔强。

有几次,孙木梓坐在那里发呆,眼珠都不转一下,半天没有动。她妈妈吓呆了,害怕她得了什么病,想和她说说话。孙木梓懒得和妈妈聊,嫌她唠叨,观念落伍,和她说不到一块儿,没味。

有时,孙木梓坐在教室里,周围同学吵吵闹闹,可她突然感到孤独、迷茫、不安。只要一回过神来,她就会问自己:我这是怎么啦?我怎么会变成这样?我这样爱和周宇轩在一起,别人会认为我是坏女孩吗?其他女孩也像我一样吗?

因为孙木梓在路上喜欢东张西望,她就会看到一些平时没有注意的人。那个星期天,孙木梓去听作文讲座,看见马路对面的人行道上有一个男孩子和她平行,这个男孩子非常面熟。她想了一下,记起他是刘轶。于是,她在马路这边对着马路那边大声叫:"刘轶!刘轶!"

因为路上汽车太多,声音嘈杂,刘轶听不到孙木梓在叫他,继续往前走。

孙木梓怕走斑马线耽误时间,刘轶走远了追不上,就跨越铁栏杆,向对面跑去。交通警察在她后面叫:"不要跑,危险!小同学,请遵守交通规则。"

孙木梓跑到刘轶的面前,问刘轶:"你认识我吗?"

"你不是孙木梓吗,怎么不认识。"刘轶没有孙木梓想象中那样热情,神情淡淡的。让孙木梓高涨的热情一下冷了下来。

"你在哪儿读书?"孙木梓问他。

"我爸爸调到城东来了,我们家在城东买了房子,所以我在城东读书。"刘轶说完马上要走,他解释说,他要去车站接舅舅,去迟了怕接不到。

望着刘轶远去的背影,孙木梓有点失望,她原以为刘轶看见她会很高兴,因为他们有两三年没见面了。谁知刘轶这样冷淡。她继而想:将来我和现在的同学见面都是这样的吗?她突然有点惆怅,好像失去了什么一样。马上她就忘记了刚才的事,也忘记了刘轶。以后,只要不碰到刘轶,孙木梓再也不会想到他了。

那天,孙木梓碰到了表姐蕾蕾。蕾蕾如果读高中的话,这一年应该高中毕业了。但是,她去年就转到职业技术学校了。她的成绩太差了，降了一级，考大学还是没有希望。蕾蕾爸爸说，与其天天在学校里耗着，还不如趁早学门技术实在，将来好找工作。

现在的蕾蕾没有功课压力，她不打算再考学，想毕业后找份工作，在工作中去发展。她现在特别喜欢打扮，讲究穿着，非常注意自己的发型、服饰，自己的形象，总想用气质来博取吴江国的关注和喜欢。只要吴江国说街上哪个姑娘身上的衣服好看，她就会千方百计去买到那件衣服。

回到家她喜欢独处，给吴江国写信、写日记。她处处显得谨慎小心，察言观色，害怕爸爸妈妈发现她和吴江国好。在职业技术学校，她的学习成绩也不好。蕾蕾爸爸去校访，老师说：职业技术学校的课程理论少一点，实践的机会多一点。只要用心学习，就是原来基础不太好也没关系。问题是蕾蕾上课时心不在焉，心事重重，好像注意力根本没放在学习上。

蕾蕾妈妈对蕾蕾没有很高的要求，只要她安安静静读完职高，找份工作，能够养活自己就行。

蕾蕾爸爸却总是担心女儿上当受骗，将来害了她一辈子。蕾蕾现在年纪小，不懂事，万一出了事，将来长大了还是会怪父母的。所以，蕾蕾爸爸坚持要妈妈接送。这样，蕾蕾增添了好多不方便,她想和吴江国约会,找不到时间,有时只好撒谎。一天,吴江国来信息说,他们几个人约好了到鸿儒宾馆开房间玩一个通宵,希望蕾蕾也去。

女儿大了,父母比以前管得更严了。不但不准她出去,而且不准她到客人房间里去。爸爸说:"你是大姑娘了,男女有别。这些来住旅馆的客人,今天来,明天走,我们也不知道人家的底细,说不定这中间就有坏人,所以你千万不要和他们接触。晚上就待在自己的房间里,不要出来。"

蕾蕾想跟爸爸请假,估计爸爸不会同意,那就只能偷着去了。

这天晚上,蕾蕾打开自己房间里的灯,装成自己在里面学习的样子,瞅见爸爸妈妈都上楼查房去了,就偷偷跑了出去,打的直奔鸿儒宾馆。

这个晚上,他们六七个人,其中有三个女孩子,玩得非常尽兴。一副扑克四个人打,一台电脑两个人玩游戏,还有一个人可以轮流休息。后来,两个玩电脑的男生瞌睡来了,不想玩了,要睡觉。因为只有一张床,已经有一个女生睡在上面。他们两个人就挤在那个女生的脚头睡了。

玩乐的时间特别容易过,不知不觉天快亮了。蕾蕾害怕爸爸妈妈发现自己不在家,提出来要回家。吴江国一直把她送到大门口。

蕾蕾进门就被妈妈一扫帚打倒在地。不过打人的和被打的都不敢出大声。这时周围的邻居、旅馆里的客人都还在睡觉。一个女孩子夜不归宿，传出去太丢人。

蕾蕾妈妈拖着蕾蕾回到房间。这时，蕾蕾房间里的台灯还亮着。蕾蕾突然明白，是台灯暴露了自己。

蕾蕾爸爸也过来了。他进来关上门，拿出一张纸，让蕾蕾写出保证书，保证今后除了上学，其他时间不出去，不打电话，不玩电脑。爸爸妈妈认为蕾蕾是受了同学的影响，还让蕾蕾保证不和男同学来往。

蕾蕾知道自己做不到，就拒绝写保证书。妈妈急了，又要打她，她倔强地说："你们别想了，我不会按你们说的那样做。"

蕾蕾的话激怒了爸爸，平常脾气特别好的一个人，气得发抖，顺手拿了一个鸡毛掸子，抽打蕾蕾的脚。边打边说："我没有你这样的女儿，我好不容易把你拉扯大，你就这样气我们？"打完就坐在旁边哭。

蕾蕾没见爸爸哭过，蕾蕾知道自己这次让他很伤心，于是不反抗，也不退让。她想让爸爸妈妈打她消消气。

蕾蕾妈妈误会了，以为女儿不反抗是脾气犟，就接过爸爸手里的鸡毛掸子，拼命打。妈妈比爸爸下手狠，痛得蕾蕾咬紧牙关，汗流满面。但她还是不求饶。

**心理医生的话：**

　　每个人在小时候都会经过这样一个时期——"自我觉醒"的时期。孩子们随着自我意识、独立意识和抽象逻辑思维的发展，对周围事物开始形成批判性的见解，而且随着成熟的进程，同时也把自己当成观察的对象，开始自我审视和评价。有的中学生面对自我认识的困惑，会出现一个心理怪圈，越是看不懂自己，越是要一个人苦苦思索。

　　"认识自我"带给少男少女的不单单是成长的惊喜，也有烦恼和苦闷，严重的可能还引发孤独和抑郁等消极情绪。

　　蕾蕾的烦恼就是这种自我觉醒的烦恼。她自觉或不自觉地产生了一股交友的渴望，她开始注意异性，接近异性，对异性产生新奇感，出现了一系列的思想问题。

　　孙木梓也感觉自己比从前思想复杂，爱东想西想，想与异性交往，想引起异性注意，甚至想和异性接触，因此她很苦恼。其实，这是一种长大了的感觉，是一个发展中的问题，完全没有必要因此而困惑紧张。应该实实在在地去感受身边的变化，勇敢地体味成长的喜悦与苦恼。

与异性交往是青少年心理、社会发展的需要，所有发育正常的青少年都会自然产生这方面的需要。

另外一个问题值得大家反思，为什么蕾蕾父母十几年的养育之恩却比不上一个男孩子短短几个月的关心呢？其实答案很简单，蕾蕾需要关爱，而她缺乏关爱。在孩子的成长过程中绝不能缺少父母的关爱。蕾蕾的父母长期忙于生意，当蕾蕾遇到困难需要帮助时，她的父母在干什么？当她感到迷茫，需要人开导时，她的父母又在哪里？当她面对枯燥的学习失去兴趣，对自己没有信心时，她的父母又能理解她多少？蕾蕾的妈妈老是指责女儿不听话，她没有想到，这一切都是自己酿成的后果。溺爱孩子固然不好，但也不能让孩子在成长过程中缺少爱。

钟令贤父亲的做法可以借鉴。他放下架子，像兄弟一样和钟令贤谈心。他不讲大道理，从实际出发，

孤独期的烦恼

甚至现身说法,把自己当年暗恋女同学的事告诉儿子,和儿子分析他的感情是不是可能。他告诉儿子,你喜欢她,她不喜欢你,这种一厢情愿的感情是没有结果的。唯一的出路是努力学习,等自己长大以后,心智成熟了,再去和理想的姑娘交朋友。

他的做法取得了良好的效果,钟令贤由于爸爸的开导,把精力放到应该放的地方。钟令贤有这样的父亲是幸运的。

# 7 爸爸的励志教育

蕾蕾的爸爸妈妈事情多，抽不出时间时时刻刻管着蕾蕾。旅馆里天天有客人来来去去，客人要吃要喝，员工要安排管理，夫妻二人忙得团团转，恨不得有三头六臂，好应付旅馆里的各种杂事。偏偏蕾蕾不听话，让他们不放心，当爸爸的只好有时间就去接送。就这样还是不行，防不胜防，现在发展到夜不归宿的地步。

蕾蕾妈妈把蕾蕾拖进屋里，从她身上搜走了手机，自己出来，把门带上，叫员工来给门安上明锁，然后用铁锁把门锁上了。蕾蕾爸爸看着她妈妈跑上跑下，没有阻挠，他没有更好的办法，只能听任蕾蕾妈妈去处理。

蕾蕾被关在房间里，不能出来。电脑早就被爸爸搬走了，手机刚才又被妈妈强行没收，没法和吴江国联系，急得像热锅上的蚂蚁。她唯一的办法就是哭。可是，哭解决不了问题，爸爸妈妈不相信眼泪，不会放她出去，员工们也不会因为她哭，放她出去，他们认为父母教育孩子，旁人不要插手。蕾蕾哭了一会儿，突然明白这么多眼泪白流了，眼睛哭瞎了也没有意义。于是不哭了，坐在床上绞尽脑汁想办法。

不一会儿，一个员工听从蕾蕾妈妈的吩咐，打开门送来了早饭。蕾蕾想趁她进来的时候跑出去，可是，她马上打消了这个设想，因为妈妈堵在门口，要从妈妈眼皮底下逃出去是不可能的。她决定和爸爸妈妈闹绝食斗争。大声对那个员工说："谁要你送来的？我不吃，你拿走！"

那个员工不知应该怎么办，看看门口的老板。

蕾蕾妈妈说："你放在那儿，出来。"

那个员工一出来，她妈妈又把门锁上。

学生没有去上学，蕾蕾的老师打来电话。蕾蕾妈妈说蕾蕾感冒了，要请几天病假。老师安慰了家长几句，也就放心了。

一连两天，员工送饭进来，带走上次蕾蕾没有吃的饭菜。这一切都在蕾蕾妈妈的监视下进行。蕾蕾妈妈甚至还说："不吃就不吃。你以为谁会心痛。"

蕾蕾这辈子第一次尝到挨饿的滋味。

第一天，她真的不想吃东西。讨厌摆在桌上的饭菜。一天只喝了几杯水。

第二天早上，她开始觉得饿了，肚子里面"咕咕"直叫。不一会儿，饭菜送来了，一个鸡蛋，一杯牛奶，几片面包。这些东西放在桌上发出诱人的香味。蕾蕾看着直流口水。但她宁可喝开水，也不吃饭，她要和爸爸妈妈斗，她要争取自由。

第三天，蕾蕾饿得前胸贴后背，几乎没有力气站起来了。

下午，蕾蕾妈妈去税务局交税，因为人多，去得迟，傍晚还没有回来。到吃晚饭的时候了，食堂饭弄好了，那个送饭的员工问蕾蕾爸爸送不送饭，蕾蕾爸爸说送，于是那个员工就开了锁。蕾蕾看见妈妈没有来，一把把那个员工推倒在地，夺门而逃。

那个员工大声喊："蕾蕾跑了！蕾蕾跑了！"

蕾蕾爸爸闻讯从食堂跑出来，跟在后面就追。这时她妈妈刚好到家，放下手提袋也跟在她爸爸后面追。

蕾蕾回头看见爸爸妈妈都在追她，知道逃不出去，被抓回去肯定会挨打，就往孙木梓家跑，想让孙木梓爸爸妈妈妈帮她说几句话，免了这场打。

孙木梓刚放学，正在放书包。

蕾蕾跑到孙木梓家，正要关门，被追上来的爸爸推开，她爸爸抓住她的手，要带她回家。她妈妈这时也赶来了，两个人一个拖左手，一个拖右手，把蕾蕾拖出了孙木梓家。

蕾蕾赖在孙木梓家门口不肯回家。

蕾蕾妈妈急了，从脚上脱下一只鞋子，用它来打蕾蕾。她专门打蕾蕾的脸，一边打一边骂："你不是不要脸吗，我就打你的脸，让人家一看见你就问，你这脸是怎么啦。看你还好意思不。"说着从看热闹的女人手上抢来一把剪刀，去剪蕾蕾额头上的刘海。蕾蕾没有防备，被她剪去了一把。她再剪，蕾蕾用手去挡，手被划出了血。

这时围观的人很多，大家议论纷纷，大多不知发生了什么事。

这时孙木梓的妈妈出来了，对蕾蕾的妈妈说："表姐，你只能在家里教育孩子，这样在大街上打骂孩子要不得。蕾蕾这么大的人了，这样会伤她的自尊心。"

"她连脸都不要，还有什么自尊心。"蕾蕾妈妈虽然嘴里还在骂，但手已经停下来了，没有再打蕾蕾。

蕾蕾爸爸冷静一些，扶起蕾蕾回去了。这时的蕾蕾，披头散发，脸上眼泪糊成一片。

孙木梓妈妈对围观的人说："散了吧，人家父母教育孩子呢。"

等人群散了，孙木梓妈妈对蕾蕾妈妈说："不是我说你，你对孩子是不是太粗暴了。哪有妈妈这样对女儿的，有话好好和她说，她又不是不懂道理的孩子。"

"唉，你没有遇到这样的事，要是你的女儿夜不归宿，看你急不急？"

"蕾蕾晚上不回家？"孙木梓妈妈也感到事情严重，脸上的表情非常惊骇。

孙木梓妈妈脸上的表情吓坏了蕾蕾妈妈，她突然想起，家丑不可外传，这事还是不传出去为好，就不和孙木梓妈妈说下去，转身回家去了。

这天晚上夜深了，蕾蕾听到妈妈在自己的房间里哭，哭声像被什么压住了一样，蕾蕾猜想她是躲在被子里哭。爸爸在说她："你又要打她，打了又要哭。"

妈妈说："其实，我也是不得已。她虽然不是我生的，却是我一把屎一把尿带大的。我只有一儿一女，她要是听话，我哪里会舍得打她。"

蕾蕾想：是你们的观念太陈腐了，作风太专制了，什么年代了，还不准我们晚上出去玩玩。其实我们什么也没干，就是几个人在一起打打扑克，聊聊天。你们就这样兴师动众，把我往死里整。你们关得住我的人，关不住我的心。只要有机会，我还会跑。蕾蕾三天没吃饭，一阵迷糊，睡了过去，什么也不知道了。

蕾蕾挨打，孙木梓一直在旁边，可把她吓坏了。

孙木梓现在也是一肚子的官司没地方说。她心里越来越喜欢周宇轩，恨不得时时刻刻和周宇轩待在一起。可是，班上同学众目睽睽，特别是那些女同学，没事还找事，她可害怕她们嚼舌头。除了借口学习上有困难要他辅导，她没有别的办法接近他，大多时间只能远远地看着他。现在孙木梓这一天的情绪好不好，取决于周宇轩看她的眼神。如果周宇轩那天对她笑了一笑，那一天她的心里会阳光灿烂，万里无云。如果那天周宇轩忙，没有瞧她一眼，她就会琢磨自己什么地方没做得好，让周宇轩不高兴，那一天她的心情就会乌云重叠，阴沉压抑，甚至想哭。这些都不是孙木梓自己可以控制的。

孙木梓总想引起周宇轩的注意，一向温存的她，看见周宇轩在那边，就会故意大声说话，这让一些同学不解，会用疑惑的眼神看她。

「早恋」风波

每天上学前,孙木梓在衣柜前要挑选半天,她总是这件衣也嫌不好看,那件衣也嫌老气。其实,她外面必须罩上校服,里面穿什么别人都看不到。她是想找机会脱了校服,在周宇轩面前亮一亮自己的漂亮衣服。

她晚上睡不着时问自己:难道这就是别人说的爱情吗?我还这么小呀,我这样做很坏吗,是个坏女孩吗?我该怎么办?

她妈妈有时发现她没有睡着,问她为什么不睡。她真想把自己的困惑告诉妈妈,请教该怎么办。但是,她不敢与父母谈。她认为,学习成绩是爸爸妈妈最关心的事。学习上的问题是他们关注的问题。他们最害怕自己的精力没有放在学习上,如果自己去和爸爸妈妈谈和男同学的感情,告诉他们自己喜欢上了一个男同学,他们一定会暴跳如雷,骂自己厚颜无耻。这样肯定会挨批评,不如不说。

爸爸很忙,他每天早上出去,要到晚上才回来,回来之后总有那么多必须看的球赛等着他,连吃饭都待在电视前。妈妈回来就做家务,晚上有批不完的作业,备不完的课。看着他们这样忙,估计他们也没有耐心听自己讲这样的事。

原来孙木梓还可以向蕾蕾姐姐请教,蕾蕾姐姐比她大几岁,她知道的事到底比自己多,和自己也说得来。今天她看见蕾蕾姐姐挨打,心想:蕾蕾姐姐也自顾不暇,哪里有时间给自己出主意。再说,她自身的事情都处理不好,用什么来指导自己。孙木梓有时觉得自己像生活在一个没有人烟的小岛上,孤立无援。

周宇轩是个很聪明的孩子。孙木梓的举动他都看在眼里,他也对孙木梓有好感。孙木梓不大理人,只有一个钟令贤可以接近她,同学们都知道,孙木梓不喜欢钟令贤,是钟令贤主动找孙木梓玩。

周宇轩全力以赴搞学习,占据他脑海的是英语语法、化学方程式、数学定律、古诗词。虽然他觉得自己在长大,浑身的力气用不完,潜伏在体内的热情像没有喷发的火山,岩浆在体内鼓动奔流,但他总觉得时间不够,好多事情还没做完时间就过去了。他觉得吃饭、睡觉简直就是浪费时间。

那天,孙木梓在没有任何预兆的情况下,向自己求助,要自己辅导她的数学。这让周宇轩又惊又喜,他拿出浑身解数给孙木梓讲解这道题。效果很好,孙木梓很聪明,只要点拨一下,她就明白了。

以后,孙木梓经常找他,每次他总是用心帮她,就算自己感到时间不够安排,也绝不推辞。慢慢地,他们的交往就习以为常了,他不会因为孙木梓来找他辅导而情绪波动,和其他同学找他辅导一样的态度。

这天,孙木梓用平时同学们上课传来传去的小纸条,写了一句话给周宇轩:"明天吃了早饭,到中山公园大门口见面。"

第二天,吃了早饭,孙木梓把自己收拾得漂漂亮亮,拿了一个练习本,对妈妈说:"我去同学家问一道题。"

孙木梓妈妈说:"你为什么不打个电话去问?"

"这个题太难了,我的基础不好,可能要她讲得详细一点。如果在电话里,那演算过程没法看到,我不会的就是演算过程。"

孙木梓妈妈是老师,她懂得孙木梓说的道理没有错,不过,她还是不放心,问:"是男同学还是女同学?"

"这有什么区别吗?"孙木梓装不懂。

"你是个女孩子了,假如和一个男同学待在一起,有点不妥。"妈妈只好摊开来说。

"什么时代了,还有这种思想。你太落后了,太跟不上时代了,一股子出土文物的腐朽气。跟你真是没法交流。"这话马上引起孙木梓的反感,她抢白妈妈说。

孙木梓妈妈目瞪口呆站在那里，不知如何回答女儿，她现在拿这个和自己一样高的女儿束手无策。她有一点点悲哀，难道自己真的老了吗，和女儿之间的代沟就这样深吗，深到无法交流吗？她又想：女儿的思想意识是不是走上了岔路，想法是不是超前，超过了一个中学生的思想范围？她无法找到答案，也不知从哪儿去找答案。

她偷偷观察孙木梓，只见她神采飞扬、容光焕发，小小的身躯装不下她已拥有的快乐，从她的眼神、从她的嘴角、从她手舞足蹈的动作中往外溢。这快乐来自哪里？自己小时候好像没有他们这一代这样独立，那时，自己什么事都听爸爸妈妈的。

当孙木梓来到公园门口时，远远地就看见周宇轩站在大门口张望。她三步并作两步跑了过去。当她站在他面前时，两个人都无缘无故脸红了，不知要说什么。还是周宇轩反应快，对孙木梓说："我们进去吧。"

也许他们都是第一次单独来公园，从前都是和爸爸妈妈一起来的，有爸爸妈妈带路，自己不用操心。现在轮到自己做主，却不知到哪儿能找到一个人少的地方。因为是双休日，他们走到这边，有好多对父母带着孩子在玩；走到那边，一群小朋友在做游戏。他们跑到湖对岸，那儿只有一对恋人在一棵柳树下说悄悄话。周宇轩小心地问孙木梓:"我们就在这儿行吗?"

孙木梓没说话,只点点头。两个人都不好意思看那对恋人,把脸向着相反的方向。

因为跑来跑去,孙木梓出汗了。周宇轩发现了,从口袋里拿出纸巾给她,说:"擦擦汗。"

孙木梓感激地从他手里接过来,擦完后放进自己的口袋,怕弄脏了草坪。

周宇轩说:"给我,我去给你丢到垃圾箱里。"

孙木梓顺从地把废纸递他,然后嫣然一笑。周宇轩看呆了,不自觉地说:"真好看。"

孙木梓装作没听见,催他说:"你去呀。"

周宇轩丢了废纸回来,指着远处说:"那边人更少,我们上那儿去吧。"

孙木梓不说话,和他并排走了过去。孙木梓走的是靠湖边的一边,草地上坑坑洼洼不平,一不小心,脚崴了一下,人向旁边倒过去。周宇轩连忙伸出一只手来扶她,另一只手抓她。

孙木梓本能地推开他的手。

周宇轩很不好意思,马上放开手,说:"对不起,我是怕你掉到湖里去。"

之后，两个人一直没有说话，都在想自己的心事，也都在注意对方的态度。时间就在这无言中溜走。直到孙木梓发现远处有一个女的像她爸爸单位的同事，她才说："我们回家吧，时间不早了。"

周宇轩说："你能把你的手机号码告诉我吗？有什么事我们电话里面说，就不出来了，耽误时间，也说不清楚。"他襟怀坦白，他后悔今天来这里，浪费了那么多时间。

"我没有手机。"

"那我送你一个。"

"不用。我用压岁钱去买一个就是。但我不会用，也不会买。"

于是他们约好第二天在菜市场门口见面，帮孙木梓买手机，那里的手机商贩不要身份证。

有了手机后，他们晚上天天打电话联系。但多半时间是孙木梓找周宇轩，她没话找话说，这些没有油盐的话让她乐此不疲，舍不得放下手机。

现在孙木梓回来就待在自己的小屋里不出来。晚上好像听见她和谁说话，进去又没看见人。孙木梓妈妈对孙木梓的反常现象也有所警惕。她问孙木梓："晚上你和谁在说话？"

"没有呀，我房子里又没有人。你听错了。"

"不，我听见你在跟人说话。"

"哦，我昨天晚上在读课文。"

"你从来没有晚上读书的习惯。"妈妈不相信。

"这篇课文老师今天要背。"

妈妈将信将疑。

一天晚上，她妈妈没敲门突然进来，孙木梓马上关了手机，对妈妈大声嚷嚷："你怎么不敲门就进来了，像什么话，还是人民教师，一点也不尊重我，一点文明都不讲，没有素质。"

孙木梓妈妈好像不认识自己的女儿了，温存的孙木梓什么时候这样大声嚷嚷过，半天她才记得问："你手机哪里来的？"

"我借同学的玩玩。"

"你和谁打电话？"

"和同学打电话。"

"把手机给我，让你同学上我这儿来拿。"

孙木梓妈妈检查手机，手机上几乎全是打给一个人的电话。于是她就拨了过去，接电话的是一个男的声音。孙木梓妈妈问:"你是谁?"

对方迟疑了一两秒钟,马上关机。以后,任孙木梓妈妈怎么打,手机一直关机。

第二天,孙木梓妈妈抽空去查这个手机号码的主人是谁,谁知查不到。

第二天早上,孙木梓问妈妈要手机,说是还给同学。孙木梓妈妈扣下了手机卡,把手机还给了她。

到学校后,孙木梓告诉周宇轩,手机卡被妈妈没收了。周宇轩说他知道了,把孙木梓妈妈打电话找他的事告诉了孙木梓。

不久,周宇轩的父母发现,一向开朗听话的儿子变了。他原来总是一脸的阳光,这也难怪,你让他不阳光也不行,他成绩好,性格好,和老师同学都处得好,带回家的总是喜讯,不是考了个第一,就是得了什么奖,要不就是学校又组织学生到什么地方去春游,参加夏令营。一句话,他天天高兴,时时高兴。现在突然变了,变得回家来和爸爸妈妈没话说了,总是躲在自己的屋子里关上门不出来,在里面干些什么也不知道。周宇轩的爸爸有次问他:"小宇,你老是躲在屋子里干什么?"

周宇轩不高兴了,沉下脸,说:"我什么时候躲在屋子里了？你怎么总是乱说？"

"这段时间你没和我说过你们学校里的事。"

"没发生什么事和你说什么？我总不能捏造些什么讲给你听吧。"周宇轩的态度非常不友好。这是从前没有过的。妈妈也叹气，觉得儿子的脾气有点暴躁。

晚上，周宇轩的爸爸妈妈商量，要到学校去找老师问一问，可能老师掌握了情况，知道一些什么。

向老师告诉周宇轩的爸爸，说周宇轩近来和班上一个漂亮的女同学来往密切，但表面上看他们没有出格的行为，只是一般的同学来往。倒是班上有一个男生单恋这个女同学，想转学，现在通过家长做工作，已经没事了。

从学校回来后，周宇轩的爸爸找周宇轩谈话。

"儿子，你这段是不是有心事？"

"没有。"周宇轩矢口否认。

"你们班上是不是有个叫孙木梓的女同学？"

"是有一个。这又怎么啦？哪个班上没有女同学？"周宇轩很反感，眼睛鼓得像金鱼。

"她是不是很漂亮？"

"没有注意。你今天怎么啦？谈别人干什么？"周宇轩说完就走开了。他不愿向爸爸敞开自己的心扉，尤其不愿意和爸爸谈孙木梓。

这次谈话以失败告终。

周宇轩的爸爸决定改变策略，在周宇轩的课余时间里跟踪他。

星期天，周宇轩午饭后没有睡午觉，拎着一本书，趁他妈妈在厨房刷碗的时候，偷偷地出去了。

一直留意他的爸爸悄悄跟在后面。

周宇轩出门后，直接就去了公园。他穿过公园，走到公园的后山上。围墙边有两块石头，他走过去坐下来。

周宇轩的爸爸想：这孩子真鬼，别人到公园是来玩的，去热闹地方，谁会想到这个没人来的地方来。这小子现在肯定有什么不可告人的秘密。

不一会儿，来了个女孩。周宇轩的爸爸想：难怪儿子分心，这女孩子确实漂亮，清纯得像才出水的荷花。看来，问题出在这儿。周宇轩的爸爸心情很沉重，不等他们离开，自己先走了。

这天晚上，他们开始了第二次谈话。

"我今天看见你们了。"周宇轩的爸爸开始进攻，而且开门见山。

"你跟踪我？"周宇轩神情一下紧张起来。

"我看到了，她确实漂亮。你是不是觉得她是最好看的女孩？"周宇轩的爸爸不理会他，照自己想好的话题谈下去。

"我认识的女孩中，她最可爱。"因为爸爸夸孙木梓，周宇轩觉得爸爸很有人情味，取消了戒备心，愿意和他谈孙木梓。

"我相信你的眼光。"做父亲的首先肯定儿子的眼光，然后话锋一转，"可是，你还在读书，你今年是关键的一年，你能不能考上重点高中，将决定你能不能考上大学。"

周宇轩不说话了，低下头。

爸爸又说："你如果看见一个几岁的孩子不会游泳，可是他硬要往水里跳，你会说他懵懂，因为他还没有掌握游泳的技能。这正像我们现在看你一样，我们认为，你现在无论是心理上、感情上、经济上，都还没有成熟，没有交女朋友的资格。如果你们不听大人的话，一意孤行，就像几岁的孩子往水里跳一样懵懂。"

周宇轩根本听不进去，谈话又陷入僵局。

周宇轩的爸爸只好又换个话题："你将来打算做什么？"

"我想当名律师或者是从事金融行业。"周宇轩想都没想，脱口而出。这可能是他早就思考好了的事。

"当律师或者是从事金融行业必须是高素质的人才,光有本科文凭不行,听说上次宏鑫律师事务所招聘,规定最低学历是硕士研究生,博士优先。如果你现在把精力不放在学习上,而放在交女朋友上,你考不上大学,能实现你自己定下的目标吗?"

"没有,我没有把精力放在交朋友上。我们来往,能让我们学习得更好。因为,她总是要我辅导她学习。我教她的时候,教学相长,我也得到了复习提高。"周宇轩希望父母不阻挠他和孙木梓之间的往来,试图找拿得出手的理由。

"只要你们来往不影响学习,我不反对你们来往。"

爸爸的话出乎周宇轩的意料。刚才,爸爸一谈到孙木梓,他估计今天会和爸爸吵一架,没想到是这样的结果。他有信心不影响学习,所以,他不说话,抬头看着爸爸,看爸爸还有什么条件。

果然,周宇轩的爸爸对他提出了要求:"你们今后可以来往,但不能在外面约会,有事你可以把她带回家。"

"什么约会,我们是见面。"周宇轩提出抗议。

"好,就是见面。"周宇轩的爸爸继续说,"第二,你的成绩不能下降,只要有一次下降一点点,我就不准你们来往。第三,你是男孩子,人家是女孩子,男女有别,你们在屋里学习不要关门。"

周宇轩没有说话,算是默认了。

他爸爸又说:"你必须表态,而且要说话算话。"

周宇轩对考试成绩不敢打包票:"偶尔一次没考好,可不可以原谅。"他讨价还价。

"不可以。"他爸爸态度不含糊。

他爸爸又把他妈妈喊来,把刚才的条件郑重其事地重复了一遍,要他妈妈当证人。

从此,孙木梓有难题向周宇轩请教,周宇轩就带孙木梓到家里来。周宇轩的爸爸妈妈对孙木梓很客气,很友好,但也不过分热情。

孙木梓悄悄对周宇轩说:"你爸爸妈妈倒是挺开通的。"

周宇轩说:"那是,你要看是谁的爸爸妈妈了。他们不优秀能生出这样优秀的儿子吗?"

殊不知,周宇轩的爸爸妈妈也是没有办法才这样做,他们认为,与其让他们在外面流连,还不如答应他们待在家里,至少在自己眼皮底下好管理。

周宇轩的爸爸妈妈表面上虽然不管他们,但实际上时刻没有离开他们左右。他们在屋子里做作业,周宇轩的爸爸在客厅看报纸。他妈妈过一会儿送杯茶来,过一会儿送盘水果来，孩子们的一切活动都在父母的视线内。

这段日子表面上风平浪静，相安无事。但是，孙木梓不满足于现状，她向往两人单独见面。

这天的体育课，他们商量好都不去上，孙木梓说肚子痛，跟体育老师请假。女孩子到了这个年龄，说肚子痛是正常的，体育老师连问都没问，就点头准假。

大概过了几分钟，周宇轩说脚崴了，不能坚持上课，一瘸一拐也回到教室里来了。孙木梓见周宇轩进来了，嫣然一笑，周宇轩回了她一个会心的笑。然后，他们关上教室门，两个人在教室里说话，他们怕人看见，两个人躲在讲台下。

正好这时他们的班主任向老师从教室旁边路过，见前后门都关着，里面有人说话，觉得奇怪，就从玻璃窗口往里看，却又见不到人，就更奇怪了。他用力敲门，周宇轩过来开了门。本来两个同学在教室里说话，哪怕是一个男生，一个女生，都没有关系，问题是你们干吗要关上门，躲在讲台后面？而且，当班主任叫开门进去，二人的表情都极不自然，尴尬的神情一看就明白。

向老师心里有数，装作没事人一样，说："周宇轩放学后到我办公室来一下，我有些工作要你做。"

放学后，等老师们都下班了，向老师才和周宇轩开始谈话。他问周宇轩："今天你和孙木梓都没有去上体育课是事先约好了的吗？"

"没有，我们事先并没有约好。"周宇轩停了一会儿，觉得不妥，自己是男子汉，应该勇于承担责任，不能让孙木梓为难，就把事情全揽在自己身上，接着说，"她没有去上体育课，一个人在教室里，我想和她说说话，就撒谎说自己的脚崴了，也回到教室里来了。"

"你们说说话也可以，为什么要关上门？"

"我们怕别人误会。"周宇轩面对向老师的提问，只好避实就虚。

"别人会误会什么？"

"我们不是一个男生一个女生吗，别人会往歪处想。"

"身正不怕影子斜。你们自己心里没有鬼，害怕别人说什么。假如你和另外一个同学在教室里说话，你会害怕别人误会吗？这主要是你们自己心里有鬼。你老实告诉老师，你是不是喜欢孙木梓？老师帮你保密，绝不说出去。"

周宇轩深思了半天，才支支吾吾说："我是有一丁点儿喜欢她。"刚说完，他又后悔，补充说："不过我也喜欢其他同学，没有什么特别。"

向老师没有笑，追问说："你们是不是单独约会过？"

"没有，绝对没有。"周宇轩知道，心里喜欢并没有太大的问题，如果和女同学约会那可能违犯了校规，这可不能承认。

"你们还是中学生，还不是成年人，来学校的目的是学习。你们正处在中考前夕，学习任务很重。一个人的精力是有限的，你如果把精力分一部分去交朋友，那你这次中考肯定考不好，会影响你的前途。将来长大了，你会痛恨你现在的所作所为。那时就迟了。"

向老师说话时周宇轩一直沉默着，他既没有解释，也没有表态。

天已经很晚了，向老师怕家长担心，就让周宇轩先回去，并再三交代他回去好好思考老师今天说的话。

向老师曾受孙木梓爸爸之托，发现孙木梓有什么异常的现象就告诉他，再说这也是班主任的职责。所以，那天他也给孙木梓的爸爸打了一个电话，谈到了孙木梓和周宇轩躲在教室里说悄悄话的事，并说，男孩子已经承认对孙木梓有好感。

孙木梓爸爸接到电话之后，他们联系孙木梓平常的一些表现，她躲在房子里打电话啦，比以前爱打扮啦，有时晚上出去啦，一个人坐在房间里发呆啦，这都是信号，说明孙木梓确实有问题。

但怎么和她谈，这可是个难题，得慎重对待。如果正面和她谈，怕她不接受，引起她的抵触情绪、逆反心理，会谈崩，对立起来不好收拾。

如果旁敲侧击，拿别人说事，又怕她装聋作哑，不接招，达不到目的。

最后，两个人商量，还是正面和她说，只是要慢慢地切入，边说边察颜观色，千万不能谈崩。

一天晚饭后，孙木梓正在做作业，忽然听到爸爸妈妈敲门，她心里一动，说：终于来了。其实，班主任撞见她和周宇轩在教室里说悄悄话后，她就估计班主任会通报家长，这两天一直在等爸爸妈妈和自己谈话。后来不见动静，她倒是有点奇怪。现在，爸爸妈妈一敲门，她就知道麻烦来了。她倒想看看父母对这个问题怎么看。她心存一丝侥幸，爸爸妈妈都是受过高等教育的人，也有过自己的年轻时代，也许他们能理解自己，只过来问问情况。

孙木梓打开门，明知故问："你们要干什么？我可还有一大堆作业要做。"她先发制人，要爸爸妈妈不要纠缠太久。她放下正在做作业的笔，双手交叉在胸前，一副听之任之的样子。她的反感，她的抵抗情绪全摆在表面，没有要藏匿的意思。其实这也是一种示威。

"我们想和你谈谈。有时候，磨刀不误砍柴工。思想上没有包袱，学习起来会更顺畅，更有成效。"孙木梓爸爸说。

见爸爸妈妈都来了，孙木梓感到压力，说："我有什么思想包袱？"

孙木梓的爸爸妈妈看见孙木梓这个样子，预计今晚的谈话不会有好的结果，但已经进来了，还是按计划进行吧。

孙木梓爸爸示意孙木梓妈妈开始，孙木梓妈妈先脸上堆满笑才说："孙木梓，这几天还好吧？"

"你讲什么好不好？是身体，学习，还是情绪？"孙木梓对妈妈的笑脸并不买账，胡搅蛮缠。

"我知道你身体好，没病。我是问你的学习好不好。"妈妈耐烦地说。

"有什么好呀！题目不会做，你又不准我去问男同学。这不，昨天小考，数学没有及格。"孙木梓有意气他们，其实没有这样的事。

果然，孙木梓爸爸中计了，急了："你说的是真的还是假的？"

"怎么会是假的,你看卷子在这儿,我准备等下要你们签字。"见爸爸生气了,她才高兴。

这下孙木梓爸爸大发雷霆:"你天天上学是干什么吃的?你还好意思要我们签字!"

"这有什么不好意思的。都是一样的上课,别人听一遍就懂了,我却听不懂,这是智力问题。我的智力明显不如别人,这是遗传基因造成的,又不是我的过错。"孙木梓振振有词,显然这样的理由不成立。

妈妈制止爸爸发脾气,她知道这是孙木梓故意气爸爸。这段时间孙木梓的成绩她掌握了。她说:"孙木梓,你这段成绩比以前好,爸爸妈妈都很高兴。"妈妈是搞教育的,先从总结成绩入手。

果然,孙木梓精神放松了一点,没有那种严阵以待的紧张状态。

妈妈继续说:"你们班是不是有个叫周宇轩的男同学。"

"我知道,这是向老师到你们面前告的状。明天我到学校就去找他。什么老师,一点点事告诉家长。"不出所料,一提这事孙木梓就起跳。

"老师和自己的父母一样,都是为你好。你可不要乱来。"孙木梓爸爸真怕女儿去找向老师的麻烦。

"向老师又没有说你别的,只说你和周宇轩在教室里说话。"妈妈接过爸爸的话说。

"他还说了什么?"

"其他什么也没说。是我和你爸爸心里有点怀疑,你过去不理男同学,现在怎么和一个男同学躲在教室里说悄悄话?你是不是和他特别好?"

"什么叫特别好?我只不过是经常找他辅导我的学习。我这段学习成绩有进步,是他的功劳。"孙木梓知道爸爸妈妈最关心她的学习,所以她申明和周宇轩在一起是因为学习。

"你是个女孩子,到了这个年龄,和男同学来往就要注意影响。不是不能和男同学玩,是不能单独和一个男同学待在一起。"妈妈尽量选那种不带刺激性的词汇,口气相当婉转。

"单独和一个男同学待在一起也没什么,我们谈的是学习。"孙木梓坚持自己没有错。

"你们说的话可以公开,就坐在操场上说,为什么要躲到教室里去谈,而且还关上了门?"

"你们不是说我们说悄悄话吗?我们既然是说悄悄话,那当然就怕别人听见,就要关门。"孙木梓态度强硬,一点也不肯接受妈妈的意见。

孙木梓爸爸见这样谈下去不会有结果，就来硬的："孙木梓，爸爸妈妈不是来和你顶嘴的。我们希望你能重视我们的意见。今后，尽量不和周宇轩来往。"

"那我学习上有事也不能找他？比如说我找他讲解习题也不行？"

"班上那么多同学，未必只有他的成绩好。作业不会做找老师，还是不行我们请家教，我们宁肯花钱，你不要再去找他了。"爸爸的态度比妈妈要强硬一些。

妈妈还要说什么，爸爸示意她不要说了，拉着她出来了。

房子里只剩下孙木梓一个人时，她突然觉得父母好陌生，她不理解父母，不知道爸爸妈妈为什么把她和周宇轩交往的事看得这样严重，态度这样恶劣，居然不许她再和周宇轩来往。她觉得父母也不理解她。自己已经是初中三年级的学生了，站着和妈妈一样高了，再不是小孩子了，社会上的什么事不懂？感情这件事纯属自己的事，是任何人左右不了的，哪怕是父母。她也恨向老师，学校里发生的事，你找我谈谈不就得了，干吗要告诉家长！

这个晚上，孙木梓既没有学习，也没有睡觉，她窗口的灯到凌晨才熄灭。

第二天,孙木梓一进教室就看见周宇轩和一个男同学在说话,本来面向门口的他,突然转身坐下,从抽屉里拿出书来看。样子是那样做作,不自然。孙木梓知道他一定也受到了家里的逼问,他的爸爸妈妈也一定给他施加了压力。

她一下子烦躁起来,一股无名火在心里鼓荡,不知要找谁发脾气才好。

正好向老师进教室检查早自习的来了,看见孙木梓一脸的怒容,不知道她又怎么了,就走过去询问:"孙木梓,你怎么不坐下来学习?眼看离中考没有多少时间了,还不抓紧?"

"抓紧不抓紧关你什么事,考得上考不上反正不怪你。"没想到孙木梓抢白向老师。

同学们听见孙木梓这样回答向老师,觉得有戏看了,都停下来不学习了,看向老师怎么对付孙木梓。

向老师到底是老教师,这样的事也许见得多,笑呵呵地说:"你没说错。你们将来干什么与老师没有多大的关系。但天底下当老师的人都傻,一颗心全放在学生身上,把每个学生都当成自己的孩子,希望他能够健康成长,有一个好的前途，成为国家的栋梁之材。当然，你们现在小，理解不了老师的这一片心，长大了，你们成熟了，就会懂的。"

同学们听向老师说得这样动情，全都感动了，马上拿起书来读。

晚上，向老师也给周宇轩的爸爸打了一个电话，在电话里他简短地告诉周宇轩的爸爸，说周宇轩好像有早恋的倾向，不过，也不一定，请家长注意周宇轩的思想动态，并配合学校做周宇轩的工作。

因为向老师和周宇轩谈了话，因此，周宇轩顾虑重重，有时上课注意力不集中，精神恍惚。学习如逆水行舟，不进则退。这次小考，他突然滑到十几名去了。

当天，周宇轩的爸爸和周宇轩又进行了一次平等的对话。

爸爸："你上次答应我的，绝不让学习退步。你做到了吗？"

周宇轩自知理亏，不吱声，低下了头。

谈话陷入僵局，不欢而散。

周宇轩的父母心急如焚，这样下去终究不是办法。现在事情处在尴尬境地，豆腐掉在灰里，做家长的吹也没有用，打也没有用。你去提醒他，他们反感，说你过度干预他的生活，任他这样下去，离中考只有那么点儿时间了，不能让他耗在无意义的事情上。将来他长大了，会反过来怪家长不负责任。

商量来商量去，他们打算对周宇轩进行励志教育，让他有紧迫感，把他的精神注意力牵引到学习上来。

那天，周家来了一大一小两个客人。大人是周爸爸的同学，小的是他的儿子宋国雄，宋国雄在一中读高一。宋国雄一来，就和周宇轩说到一块儿去了，他们交谈学习心得，谈各自的老师同学，越谈越有味，相见恨晚。

宋国雄答应周宇轩，回去后把去年的复习资料找出来借给周宇轩。他作为先行者告诉周宇轩，要考上一中，光做老师布置的作业远远不够，还要多做别人没有做过的题目，要超出大部分同学。光满足于每次考试得高分不行，要知道，一中招生比例小，一个班只有几个人能被录取。

宋国雄的话提醒了周宇轩，自己得加油，再不能这样放任自流，浪费宝贵的时间了。

周爸爸不失时机地帮周宇轩找来了好多复习资料，周妈妈找一中的老师帮她出了好多作文题。这要是在过去，周宇轩说不定会反感，但宋国雄来了之后，周宇轩对这些东西如获至宝，自觉加班加点做。

周宇轩做了一个规划，于是，他每天做完学校老师布置的作业之后，还要学习一两个钟头。这样，学习时间就到十一二点钟了。

如果孙木梓来了，他花去一些时间辅导她，那他就完不成学习计划，这让他很懊恼。

一连几天，孙木梓没有到周家来。周爸爸问周宇轩："你和孙木梓闹意见了，她不来了？"

"没有，哪里会呢？我现在让她把要我辅导的东西在学校告诉我，我利用课间去辅导她。这样，我回家来就可以一个人安安静静做课外习题。你要知道，考一中不是每个人都考得上的，不努力不行。"

周宇轩一心要考一中，因为他认定，考上一中，是他实现自己人生目标的第一步，自己一定要取得第一个战役的胜利，志在必得。

要说，孩子们现在学习真的辛苦，真不容易。周宇轩一天只能睡几个小时，连上厕所都在思考物理题的解法。

眼见周宇轩一天比一天瘦了，他的父母又心疼了，学习上又帮不上忙，只好努力去补充他的营养，晚上给他准备一些容易消化、香味可口、热量大的夜宵。

周宇轩的注意力全在学习上，晚上吃了什么全不在意。

第二天,他妈妈问他:"昨晚的馄饨好吃吗?我放的虾仁。"

"哦,昨晚我吃了馄饨吗?"他全然不知。

孙木梓要周宇轩指点的作业,全在学校解决了,她没有借口上周宇轩家来。白天在学校里,下了课,周宇轩总是坐在座位上,目不斜视,专心做手里的题目,她也不好意思打扰他。再说,初三的作业真的多,文山题海,她也忙于应对,顾不上其他。

就这样,他们各自回到了学习的道路上,备战中考。

### 心理医生的话

周宇轩是幸运的,他有一个比较懂得孩子心理的父亲。

他的爸爸做得很好,发现儿子有早恋苗头,深思熟虑之后,认为压制不如引导。他没有硬性阻止周宇轩和孙木梓来往,准许孙木梓上他家来复习功课,但要求孩子保证不能荒废学业。他们这样做既没有伤害周宇轩的自尊心,又加强了对周宇轩的监管,让他的课余时间在自己的视线范围内。不过这对自控能力相对较差的青少年是高要求,不容易做到。

周宇轩的父母最有效的措施是励志教育,他们给周宇轩请来了一个榜样,这个榜样是周宇轩一个年龄阶层的、去年刚刚顺利地通过了中考、现在在一中读书的宋国雄。周宇轩非常信任宋国雄,对他的中考前要努力拼搏的忠告深信不疑。宋国雄的现身说法让周宇轩的注意力一下全部转移到学习上来了,为了实现自己的人生远大目标,他要争分夺秒。这样,他重新认定了自己的人生目标,为之努力奋斗,使他充沛的精神用到了该用的地方。

周宇轩调整好了心态,对孙木梓的感情降温,他努力将她视为一般同学,和她保持友谊关系,他想办法在学校辅导孙木梓,避免她到自己家来占用自己的学习时间。他和从前一样,把全部精力放在学习上。

蕾蕾父母的态度就不一样,当他们知道蕾蕾早恋时,不知如何是好,用简单粗暴的打骂方式,想"棒打鸳鸯",拆散他们,切断他们的恋情。可是这样做反而催化了他们的恋情,使他们的行为转入地下,防不胜防。

如果发现孩子陷入早恋的感情纠葛中,父母不要惊慌失措,不要如临大敌,不能用打骂惩罚的方式来对待孩子。更不能到学校、到街道上哭诉，弄得满城风雨，让孩子面临舆论的压力和伤害。家长要洞察孩子的思想和心理变化，在旁边加以引导，给孩子热情严肃的忠告，要孩子自己区分友谊和爱情的关系。

## 8 离家的小鸟

蕾蕾又被妈妈关起来了。反正她家里有的是人,每天派人送饭给她吃,她妈妈陪她洗澡。锁门的钥匙只有她妈妈有,别人想帮蕾蕾也没有办法,何况大家都认为是蕾蕾不听话,不会帮她。

蕾蕾妈妈真的没有头脑,关住了蕾蕾的身体,关得了蕾蕾的心吗?现在通信如此发达,把蕾蕾关起来,能斩断蕾蕾和吴江国的联系吗?

蕾蕾不能出去,她那小脑袋瓜可没有停止思考。她向往自由,向往那种想干什么就去干什么,大人不会来干涉的生活。她认为自己没有错,她不会屈服于父母的管束。

她恨妈妈,甚至把原因归结到自己不是她的亲生女儿这点上。那天妈妈当众打骂自己,现在街坊邻居都知道自己交了男朋友。今后街坊、亲戚肯定会用鄙夷的眼光看自己，走到哪里都不受欢迎。多晦气，多憋屈。

她觉得自己的家是地狱，她在这个地狱里一天也待不下去，越早离开越好。

现在妈妈看得紧，蕾蕾没有办法，饿得实在受不了，只好吃饭。她寻思：暂时装成老老实实的样子，等爸爸妈妈懈怠了，再伺机跑出去。

机会终于来了，这几天联合大检查，过不了关的小旅馆要关门整顿。蕾蕾家忙成一团，蕾蕾妈妈带人搞厨房卫生，整理客房。蕾蕾爸爸清理账目，补交税款。到了傍晚，忙了一整天的蕾蕾妈妈把钥匙给了一个员工，让她带蕾蕾去洗澡。蕾蕾去洗澡时对那个姑娘说："你去忙你的吧。我洗完了自己回房间。"

蕾蕾是老板的女儿，她只能听从蕾蕾的指派，忙自己的事去了，后来忘记了锁蕾蕾的门。

晚上十二点多钟，旅馆终于安静下来。客人们都睡了，员工们也都休息了。蕾蕾一看机会来了，收拾了几件衣服，带上自己平时存下来的钱，悄悄地溜了出来。这时，街道上很少有人行走，她想和吴江国联系，却没有手机。

她走到一个澡堂门口，这个时候了，只有这儿还灯火辉煌，人来人往。她走了进去，让老板眼睛一亮，以为她是来找工作的，迎上来打招呼："小姐，你要找工作吗？"

老板的过分热情吓了蕾蕾一跳，她指着柜台上的电话结结巴巴说："我想打个电话。"

老板没有死心，说："你如果要打工就留在我们这儿好了。你先打电话吧，等一会儿我们再说。"

电话铃一响，吴江国马上坐起来，听到蕾蕾的声音，他迫不及待地问："你在哪儿？"

十几分钟后，吴江国赶到澡堂，拉着被老板纠缠不得脱身的蕾蕾就走。

蕾蕾身上带了钱，他们先找了一家小旅馆住了下来。吴江国对蕾蕾照顾得真是无微不至。小旅馆条件不好，吴江国自己去提开水，倒洗脸水。怕床单不干净，从老板那里拿来干净床单枕头换上。直到蕾蕾舒舒服服睡下了，他才坐下来，问蕾蕾是怎么回事。

"这几天，我打你的手机打不通，到你们学校周围转，也不见你的人，我又不敢到你们学校里去问，心里急得要死，晚上也睡不好。到底发生了什么事？"

蕾蕾说："吴江国，这个家我是待不下去了。再待下去，我怕我会发疯。"蕾蕾把这几天的事一五一十告诉吴江国。

吴江国又是心痛,又是庆幸,又是担心。他没有忘记安抚蕾蕾,说:"那你就不要待在家里了,搬出来,我出钱租房子给你住。"吴江国拍着胸脯,做出一副护花使者的样子,其实,他根本就没有那个能力。

"那不行,我爸爸妈妈不会答应的,不把我打死,也会把我吃了。"蕾蕾倒是信以为真。

"那怎么办?"吴江国没招了。

"我们走吧!我总是听人说到深圳打工,我们也去深圳打工,自己养活自己吧。"

"可是深圳没有我们的亲戚,我们到哪儿找工作?"

"你看,我们这地方的人,要找工作就看报纸上的广告。我们到深圳,买报纸看广告也能找到工作的。"蕾蕾早就想好了。

"那今天晚上你就睡这儿,我回家去,收拾好行李,明天到这儿来找你,后天我们就走。"吴江国不急不慢地安排。

"不行!"蕾蕾急了,"我们家明天早上看不到我,就会到处找我。哪里还走得脱身?"

"你说怎么办?"吴江国问蕾蕾。

"今天晚上你就回去收拾东西,明天天不亮我们就要离开这儿。"

"那你在这儿等着我。我去去就回。"吴江国说完就要走。

蕾蕾把他叫回来,再三交代他不能和自己的爸爸妈妈说。

第二天的下午,吴江国和蕾蕾出现在深圳的街头。他们去住旅馆,大宾馆要身份证,价钱高,他们住不起。蕾蕾家开旅馆,知道那种小旅馆价钱低,对身份证要求也不严。于是他们找到城乡接合部的一家小旅馆住了下来。为了省钱,两人只租了一间房。蕾蕾睡床上,吴江国打地铺。

这天晚上他们两个人纵情谈天,天南海北,信马由缰,想到哪儿谈到哪儿。他们不害怕父母来管他们,不担心时间晚了,回家挨骂。他们觉得惬意、自由、幸福。

"你什么时候喜欢上我的?"蕾蕾问。

"那次打扑克,我一眼就喜欢上你了。"吴江国说。

"我不信。我又不漂亮,你看上我什么了?"

"在我眼里,你最漂亮。真的,那几个女孩都没有你漂亮。特别是你说话风趣,让人觉得你聪明,忘不了。"

后来,蕾蕾想到了将来,问吴江国:"我们将来怎么办?"

"我们两个人都去工作,每个月总会有点积蓄。我们把它存起来,将来买房子。有了工作,有了房子,我们就可以安心过日子。"吴江国边想边说。

"那我们就在这儿安家,永远不回去了。"展望未来,蕾蕾很有信心。

蕾蕾估计得没错,天一亮,蕾蕾的妈妈就发现蕾蕾不见了。好不容易等到学校开门,他们找到蕾蕾的老师,告诉老师蕾蕾离家出走了,现在不知她到哪儿去了。一个十六七岁的女孩子,单身外出是很危险的,求老师帮他们查一查蕾蕾和谁是朋友,昨天晚上是不是睡到哪个朋友家去了。

老师语重心长地说:"你们家蕾蕾离家出走是迟早的事。我早就看出来,她的精力没有放在学习上,她对自己没有信心。你们家长只顾挣钱,平常对她关心不够,使她觉得孤独,精神没有寄托,于是就对关心她的男青年有好感。你们知道她有男朋友了,不好好教育她,做她的思想工作,而是在大街上打骂她,让她无地自容。她在这座城市没脸待下去,只好走了。"

蕾蕾父母非常羞愧,没有说话。

老师知道事情紧急,马上找来几个女同学,问蕾蕾近来和谁好,她的男朋友是个什么人。开始大家都不肯作声,蕾蕾妈妈哭着求她们,她们也不肯说。

老师把她们带到另外一个房间里,做她们的工作说:"如果不尽快找到蕾蕾,蕾蕾会有危险。"

其中一个女同学这才说,蕾蕾交了一个男朋友,叫吴江国,在一家烟酒公司上班。老师又追问吴江国的家在哪里。这个女同学告诉了老师。

蕾蕾的爸爸妈妈二话没说,气势汹汹就动身到吴江国家去找人,他们估计是吴江国把蕾蕾藏起来了,认为找到吴江国,事情就好办了。

蕾蕾爸爸妈妈到了吴江国家,说有事找吴江国。吴江国爸爸去叫吴江国,这才知道吴江国不在家。他们给吴江国打电话,电话一直没人接。他们不知发生了什么事,反过来追问蕾蕾父母。

刚才还抱着希望的蕾蕾妈妈一下就泄气了,坐在吴江国家的客厅里不说话。顿时,她心里明白吴江国和蕾蕾一起走了。

吴江国的爸爸再三追问蕾蕾父母,找吴江国到底有什么事。

蕾蕾的爸爸只好把蕾蕾离家出走,有人说蕾蕾和吴江国好,估计他们是一块儿走了的事说了出来。

吴江国的爸爸说:"看来事情好像是这样的,不然,吴江国不会不接电话。我们只好分头去找。我先给我的一些亲戚打电话,如果吴江国到了他们那儿,让他们给我打电话。不过,你们家蕾蕾是不是和吴江国在一起还不一定,我们找到了一个就清楚了。"

蕾蕾妈妈这时再不能问吴江国家要女儿,谁也没见着吴江国带走了蕾蕾,只好灰溜溜地回来了。蕾蕾爸爸没有回来,他又到学校去找老师想办法了。

老师还是很负责任,他答应在同学中进行布置,发动学生帮助他们找蕾蕾。如果有蕾蕾的消息,第一时间告诉他们。

蕾蕾爸爸千恩万谢,再三拜托,回家和妻子一商量,一定要马上找到蕾蕾,不然后果不堪设想。

回家后,夫妇俩根本就没心思打理生意,一人捧着一部手机,分头给亲戚打电话。蕾蕾的外公外婆家、舅舅家、小姨家,全都回答说蕾蕾没有去他们家。

事情一筹莫展,蕾蕾爸爸开始埋怨蕾蕾妈妈,说要不是她没收了蕾蕾的手机,现在给蕾蕾打个电话,就知道蕾蕾在哪儿。

蕾蕾妈妈并不后悔没收了蕾蕾的手机,她说如果蕾蕾现在有手机,她会接你的电话吗?蕾蕾妈妈怪老公有事就推卸责任,子不教父之过,孩子离家出走,首先应该追究的是父亲的责任。就这样,你一言,我一语,吵了起来。

后来,还是蕾蕾爸爸说"算了,算了。现在不是追究责任的时候,还是找蕾蕾要紧",两个人才停止战争,又回到找蕾蕾这个问题上来。

他们忙活了大半天,这才突然想到蕾蕾和吴江国说不定不在本地了。跑到哪儿去了呢?中国这样大,要是派人去找,这不是大海捞针吗?

他们明知没有希望,但还是不到黄河不死心,他们又跑汽车站,火车站,轮船码头,来来回回地找,连厕所都去找过好几遍。

下午了,他们才回到家。这时服务员问他们吃午饭没有,他们才记起,这一天他们什么也没有吃。

他们正在吃饭,采购员进来了,说今天老板没有安排买什么菜,他就没敢擅自做主去买菜。蕾蕾妈妈急得放下筷子跳起来,连声说:"那今天客人吃什么?"

好在厨师是个聪明人,知道老板两个人一大早就出去了,估计一定是出了什么事,就凑合着做了午饭。

蕾蕾妈妈给厨师一些钱，对他说："这几天要买什么菜，你看着安排采购，这事就交给你了。"

她叫来了搞接待的小张，问今天有没有入住新客人，有没有客人退房，退房的客人结账了没有，又要来结账单看看有没有错误，一抬眼看见走廊的地板脏兮兮的，问是不是没有搞卫生。小张说搞卫生的胡师傅父亲中风，请假了。蕾蕾妈妈着急了，问客房里是不是也没有人收拾。小张说每个人都有自己的活，谁顾得上去搞卫生。

蕾蕾妈妈马上上楼查看卫生情况，并要蕾蕾爸爸马上去找临时工。

蕾蕾爸爸说："你先吃饭，再来安排不行吗？"

蕾蕾妈妈生气了："你还吃得下饭，我是气都气饱了。这个家里外都乱成一团，真不让人安生。"

这时亮亮又拿来考试卷子，让爸爸签字。蕾蕾妈妈偏过头去瞟了一眼，火又上来了，原来亮亮考试又不及格。

蕾蕾妈妈人胖，本来就有心脏病，这样一折腾，人受不了，突然喊心口痛，嘴唇发乌，脸色蜡黄，直冒冷汗，人往地下倒。

一个员工动作快，马上打了120。几分钟后120急救车就来了，把蕾蕾妈妈送进了医院。

经过医生抢救，几天后，蕾蕾妈妈总算脱离了危险，医生说幸亏来得及时，不然后果不堪设想，现在虽然病情暂时稳定了，但要做心脏搭桥手术。蕾蕾妈妈命是保住了，钱可没少花，连住院带安起搏器，一共用了十几万。

医生交代蕾蕾爸爸，说病人出院后，一是不能累着了，不能让她干活，二是不能让她受刺激。不然，这起搏器安了也不起作用，随时有生命危险。

蕾蕾爸爸劝她妈妈说："凡事想开一点，身体要紧。要是你死了，这个家也就完了。"

到如今蕾蕾妈妈也只能这样，每天坐在店里什么也不干，看着蕾蕾爸爸忙进忙出，心里无时无刻不惦记着女儿，埋怨自己，常背着人以泪洗面。

吴江国父母也非常着急。他们家就一个儿子一个女儿，从小捧在手里怕摔着，含在嘴里怕化了。吴江国不爱读书，他们就让他在家待着。吴江国说在家待着没味，要去找工作，他们就四处托人帮忙，让孩子到烟酒公司上班。平时，吴江国爱玩，爱交朋结友，他们也不管。只要儿子待在跟前，健健康康，快快乐乐就行。他们以为孩子还小，大一点，懂事了就会好的。谁知一夜之间，儿子人间蒸发了，突然不见踪影。

吴江国的父母没有别的办法，只好不停地打电话。只要吴江国接电话，他们就会对他说：你回来吧，你想怎么办就怎么办，只要你不在外面瞎闯。他们最担心的是孩子在外面碰到坏人，吴江国本人还好说一点，但是他还带着一个未满十八岁的女孩子，要是出了事，责任不轻。到了晚上，他们还是没有找到吴江国，无奈之下，他们只好报警。

因为失踪的人中有一个未成年女孩子，事关重大。为了尽快找到吴江国他们，派出所组织所有警力，全面出动。

民警们拿上手电筒，搜查了辖区的所有网吧、旅店，仍没有见到吴江国他们的身影。随后，民警通过了解，估计是蕾蕾的父母常常责骂蕾蕾，她无法忍受父母的责骂，不愿意回家，于是，两个人一块儿跑了。民警又利用电话与吴江国联系，吴江国的电话却处于关机状态。因为没有一点线索，民警们也感到十分棘手。民警立即用自己的手机向吴江国发了一条长长的短信，不但表明了自己的身份，还向吴江国说明了家长和警察对他们的担心，希望他们在收到信息后联系大家，尽早回到父母身边。

蕾蕾的事闹得满城风雨，也传到了孙木梓的学校。

那天吃晚饭的时候，李老师把这个事告诉孙木梓爸爸，说:"现在的孩子真的不得了,真不知道他们想要干什么。生活比我们小时候幸福多了,吃好的穿好的,要什么有什么。一个学生,电脑手机全有了,可她偏偏就不好生读书,成绩差。她家里放低要求,不要求她考大学,让她读职高,有个一技之长,也好立足社会,自食其力。可她又和男朋友跑了,到社会上去闯荡去了,让家里大人操碎了心。"

孙木梓爸爸叹口气说:"他们真是糊涂,不知道生活的艰难,两个人都没有工作,出去吃什么?"

谁知一直没有说话的孙木梓突然说:"你们真俗气,一开口就是钱,就是工作。他们两个人相好,家里人不理解,要拆散他们,他们不跑怎么办?你们不懂年轻人的心,跟你们没法沟通。"

孙木梓的话让父母吃了一惊,他们没想到女儿会公开站在蕾蕾一边。他们想知道孙木梓对蕾蕾的出走知道多少,她心里到底怎么想的,就问她:"你怎么知道他们家里要拆散他们?"

"那次她妈妈打蕾蕾不是追到我们家来了吗?"

"她妈妈打她是不对,但蕾蕾这么小就交男朋友也不对呀!"

"她这么大了,交个男朋友有什么了不起。这事要任其自然，大人不要去阻止。你能阻止得了吗？你关得了她的人，关得了她的心吗？还不是跑了。"

这话听起来好像也有道理，但孙木梓父母却无论如何也不同意孙木梓的观点，她爸爸说："父母是为了孩子好，才把她关起来。因为她太小，还不懂什么叫责任。婚姻是有责任的。"

"哎呀，说了半天你们还是不懂。爱情就是爱情，又扯到婚姻上去干什么？"孙木梓打断了爸爸的话，非常厌恶地说。

孙木梓父母这才开了一点窍，这些孩子交朋友，纯粹是好玩，好奇，和他们小时候过家家还是一个模式，根本就没有想到结果。也怪不得，他们太小，想不到这些。

孙木梓妈妈试探着问孙木梓："你还没有男朋友吧？"

不知是点到了孙木梓的心病，还是不好意思，孙木梓把饭碗一推，说"你们说什么呀"，饭也不吃了，起身回自己房间里去了。

孙木梓对蕾蕾这件事的看法，让孙木梓的妈妈担心起来。她和孙木梓的爸爸说："你看孙木梓，她可是认为蕾蕾没有错，是蕾蕾爸爸妈妈错了。我们可要防患于未然，早打预防针，切不可让孙木梓重蹈蕾蕾的覆辙。真到了那时，我们哭都来不及。"

孙木梓爸爸却说:"我们家孙木梓不是蕾蕾那样的人,你看,她的心还放在学习上。交男女朋友的是那些成绩不好、精神空虚、精力过剩的学生。像孙木梓这样的孩子,搞学习的时间还不够,哪有时间去交朋友。"

"但愿如此。不过,我们可不能掉以轻心,要密切关注她的一举一动。"

孙木梓妈妈没有她爸爸那样乐观,因为她是老师,她每天和孩子打交道。她已经体会到现在的孩子,不比过去的自己。自己小时候一切唯老师和父母的意志是从。家长说这东西是白的,那自己就认为是白的。老师说什么事不能干,自己就不会去干。从来不会去思考这是为什么。现在的孩子,你说这件事不能做,他会反问为什么不能做,还会追问假如做了会有什么结果,说不定他还就要去做,去亲身体验一下,印证一下父母、老师说的对不对。所以,她暗暗地加强了对孙木梓的监管。

那天,孙木梓妈妈特意抽时间找孙木梓的班主任了解情况。并把孙木梓近来爱打扮、情绪不稳定等情况告诉了向老师。

向老师也把孙木梓这段时间经常找班长周宇轩辅导的

事告诉了孙木梓妈妈,说目前两个人倒是很正常,不见他们有过分亲密的举动。不过,同学们对他们的交往有一些看法,他们也不在乎,很坦然,好像这中间没有事。

回来后,孙木梓妈妈就对孙木梓说,外面社会秩序这样乱,晚上不准出去。

孙木梓口头上反对,实际上晚上并不出去,自己一个人在屋子里学习,手机也不响了。

这次小考,孙木梓的成绩又上去了一些,这让她的父母非常高兴,他们不动声色,不去打扰她,只暗中关注她。

**心理医生说:**

青春期的孩子对异性产生好感,喜欢和异性朋友交往是很正常的现象。加之现在生活水平普遍提高,孩子们的身体和心理发育较早,使他们对异性产生好奇心理,都是正常的。

家长首先要做到的是对孩子的这种现象给一个合理的评价。要和孩子搞好关系,平常跟他们聊聊学校里的同学,包括异性同学,帮他们解除心中的困惑,鼓励他们和异性同学交往,发展正常的同学友谊。

如果发现孩子已经与某个异性同学有交往过密的

倾向，要坦诚地和他们谈交往中要注意的问题。不要孩子一有异性朋友，不管三七二十一，就指责早恋，把本来很纯洁的朋友友谊说成不堪的感情，搞得孩子抬不起头。

家长和老师要知道，一旦孩子真的早恋了，其实没有什么好大惊小怪的。不要一发现孩子早恋就觉得面子过不去，孩子给自己丢了脸，于是就横加干涉，动用武力威胁孩子。

蕾蕾的爸爸妈妈其实没有掌握蕾蕾早恋的证据，连对方是不是她的同学都没有搞清楚，仅仅是估计蕾蕾早恋就如临大敌，把蕾蕾晚上和同学玩的事拿到人群中去讲，当众责骂蕾蕾，打骂蕾蕾。

家长对孩子早恋绝不能公开化，不要对外宣扬，因为社会舆论会让孩子背上沉重的思想包袱，感受到压力。父母教育孩子也只宜在家中进行，绝对不能当庭当众宣讲。

蕾蕾的父母把蕾蕾软禁起来，使她失去人身自由，也是不可取的。结果蕾蕾觉得父母无法理解她，她也无法接受父母的这种做法，只好离家出走，脱离父母监控。

蕾蕾确实是陷入了早恋，她全然不知这是错误的，不知道这会给自己带来伤害。

父母的正确做法应该是心平气和地分析蕾蕾早恋的原因，给孩子需要的关爱，让她感受到来自家庭的温暖，让她依恋自己的家，相信自己的父母，向父母袒露自己的心扉，把自己的心里话告诉父母。

然后再做蕾蕾的思想工作，给蕾蕾讲清楚早恋的危害。让她从虚幻的激情中醒悟过来，面对现实，脚踏实地对待她和吴江国之间的感情。让她自觉地去懂得，他们这种没有基础的感情是不会有结果的，如果不早点结束这种不切合实际的感情，将来受到危害的还是自己。如果蕾蕾能够醒悟，那么就趁热打铁，和她一道商定结束早恋的方法。切不可操之过急，强暴干涉。

## 回归温馨的家

吴江国和蕾蕾刚出来的几天,就像是从笼子里放飞的小鸟,来到了他们渴望的大自然,得到了他们向往的自由。这里没有老师宣布成绩,让自己羞愧;这里没有妈妈唠叨,让自己烦恼;这里没人管自己,想干什么就干什么。一切由自己做主,一切自己说了算。

他们什么也不想,尽情地玩。他们吃了早饭出去,哪儿人多去哪儿。十来天下来,他们把深圳好玩的地方玩遍了。海洋公园、植物园、欢乐谷、民俗村全去看了一遍。

新鲜劲很快就过去了,而且,现实也不允许他们这样继续浪漫。有一天,他们发现口袋里的钱不多了,维持不了多长时间了,他们恐慌起来,这才想到要找工作。

第二天,他们吃了早饭就出去买了好多报纸回来,两个人分头看招工广告。看了一个上午,两个人脖子都扭酸了,头都低痛了,也没有找到一份合适的工作。因为,招工单位一般要求应聘者有大学学历,有两年以上工作经验。只这两条就把他们拒之门外了。他们越看越气馁,越看越没有信心。干脆不看了,坐在那儿生气。

到中午了,吴江国要带蕾蕾去吃饭,蕾蕾不肯去,她开始着急了,怕找不到工作。没有工作就没有工资,没工资就没钱吃饭。民以食为天,生存是头等大事。

吴江国安慰她说:"我老是听人说到南方来打工,那些农村没文化的农民也来了。他们能找到事做,我就不信我找不到事,未必我们就连农民工都不如。"

蕾蕾说:"农民工是去建筑工地干活,他们有手艺,有的是木匠、有的是泥瓦匠、有的是钢筋工,你会干什么?"蕾蕾的话里有瞧不起他的成分,也有埋怨他的成分。

这样说起来,吴江国确实不如农民工。

蕾蕾说不吃饭,吴江国只好自己去吃,带了一盒饭给蕾蕾。回来时,他带来了一个好消息:"蕾蕾,我刚才看见餐馆门外的墙上贴了招工广告,上面招泥工、木工。我想,其他地方招工是不是也用这种方式。下午,我们出去找广告,按广告上的地址肯定能找到工作。"

吴江国这样一说，蕾蕾心情又好了一点，吃了一点东西。

下午，他们带上笔和纸，上街去找小广告，见到招工的广告就把地址和电话抄下来，和对方联系。他们去的第一家公司是家建筑公司，那个经理一看他们两个就说："我们要的是干粗活的人，干的是力气活，你们干不了。你们去找那种轻松一点的工作吧。"

他们找的第二家是家水电装修公司。他们问吴江国要电工证，吴江国说没有。经理说："没有电工证就不能上岗，你们有什么证？"

他们两个人什么证也没有，经理只好对他们说"对不起！我爱莫能助"，请他们开路。

他们找到第三家公司，要招的是保安。他们对吴江国的仪表个头都满意，但吴江国没有经过专门培训，没有上岗证。经理要他先到保安公司去培训，再来这儿上班。可是，到保安公司培训要交培训费，培训费公司不出，要吴江国自己掏。吴江国一听不干了，要走。蕾蕾急坏了，拦住吴江国，说："交培训费就交培训费，只要公司答应培训回来就安排。"关于这一点，经理倒是答应得挺痛快。于是，说好了，吴江国到保安公司培训半个月，半个月后，到这家公司上班。

他们算了算口袋里的钱,这段时间省着点花,培训费还是有的。

吴江国算是工作有着落了,现在开始给蕾蕾找工作。

他们去的第一家是理发店,招工广告上说是招服务员。他们没说是来应聘的,一进去就有穿着很暴露的姑娘接待他们,她们说话娇滴滴的,对吴江国挤眉弄眼,拉拉扯扯。蕾蕾哪里见过这个,吓得落荒而逃。

他们去的第二家是家服装店,老板是个女的。她问蕾蕾当过导购小姐没有,蕾蕾说没有。她又问蕾蕾在哪家商店做过营业员没有,蕾蕾也说没有。老板问蕾蕾干过什么,蕾蕾说没干过什么,刚从学校毕业。老板说:"要在这儿干可以,先只能当学徒,没有工资,食宿自理。"那就是说,要吃自己的饭,到她这儿来白干活。

蕾蕾没说二话,拉着吴江国就走人。

走出门外,吴江国发现蕾蕾的鞋带松了,忙蹲了下来,帮蕾蕾系好。

大街上人来人往,有的人看着吴江国跪在蕾蕾面前的样子笑了。蕾蕾本来十分沮丧沉重的心情轻松了一点,突然间感到他对自己这样好,自己不应该瞧不起他。

回到旅店，蕾蕾说："我现在是要过日子，在这儿不是待一天两天，要长期住下去，住旅馆花费太大，我们还是去租间房子吧，划算。"

第二天，他们找到房屋中介公司，和人合租了一套房子，他们分了一个卧室，客厅、厨房、卫生间共用。房东要他们预交三个月房租，还要交两个月租金作为押金。

吴江国平常在家是个月光族，花钱大手大脚，没有存款。那天说走就走，他的身上就只有那个月的工资。蕾蕾家有钱，她的零花钱没有数，基本上是要多少，爸爸妈妈给多少。女孩子心细，把钱存起来了。加上每年过年的压岁钱，倒也不少。但他们出来已经这么长时间了，每天吃喝玩乐要开销，只有出账，没有进账。这样下来，剩下的钱也不多了。现在，吴江国又要去培训班学习，要交培训费。他们把钱掏出来一算，如果交了房租押金，吴江国的培训费就没钱交了，这个月他们也只好吃天边的云朵了。他们跟房东说好话，先交一个月的房租，押金等吴江国开了工资后再给。

房东看他们两个人规规矩矩，不像坏人，就同意了。

看看又到吃晚饭的时候了，他们找了一家大排档坐了下来。吴江国见蕾蕾一脸的疲惫，就自告奋勇去买吃的，让蕾蕾坐在这儿等。蕾蕾坐的小圆餐桌可以坐四个人,到了下班时候大排档人满为患,没有空桌子。这时来了两个年轻人,见蕾蕾这张桌子只有蕾蕾一个人,也不打招呼,一屁股就坐了下来。蕾蕾忙说:"对不起,这儿已经有人了,你们不能坐在这儿。"

那两个人见蕾蕾是外地口音,根本不理会蕾蕾,坐着不动。马上又来了一个人,拿来了啤酒,放在桌子上,又去拿吃的。

蕾蕾急了,来两个人还好说一点,万不得已和他们拼桌吃。他们现在他们来了三个人,那吴江国坐哪儿?于是,她站起来,对那两个人说:"你们讲不讲理?这桌子我已经占了。"

一个青年不理蕾蕾,把脸扭向一边,一个油嘴滑舌说:"你又没买,占了不行。这是公共场所,谁先来谁坐。"

"我比你们先来。"蕾蕾气急败坏,几乎话都说不出来。

"你是坐了呀,我们又没让你站着,是你自己要站着。哈哈哈哈。"一个人嬉皮笑脸耍嘴皮子。

蕾蕾脸都气红了,说不出话来。

刚好这时吴江国端来了饭菜。他把饭菜往桌子上一放,问蕾蕾说:"你怎么啦?"

蕾蕾说不出话，只掉眼泪。

吴江国反过身来，一把揪住靠近他的那个青年的衣襟，把他提了起来，问："你们怎么她了？"吴江国身材高大，这两个小伙子根本不是他的对手。

另一个青年还在油嘴滑舌："我们又没有打她，又没有骂她，你凶什么。"说着就上来掰吴江国的手。

吴江国一肘子把他打倒在地。那个去拿菜单的回来了，他顺手拿了一个空啤酒瓶，直奔吴江国，用手里的啤酒瓶去砸吴江国。

吴江国一只手挡住砸向他的啤酒瓶，顺手抓住了这个小伙子的手。那个倒在地上的小伙子爬起来，拿了一瓶啤酒，从后面砸向吴江国。顿时，吴江国头上开花，鲜血直流，人向前扑，倒在地上。

马上有人高叫："打死了！打死人了！"

大排档一片混乱，大家不知发生了什么事，人人逃命，能跑多快，就跑多快。

那三个青年人趁乱也逃之夭夭。

老板马上打了110，又打120，把吴江国送到医院去了。

经过一系列检查，吴江国外伤不严重，但有轻微脑震荡，还是要住院治疗。

几天后,吴江国出院了。派出所让他们先垫付医药费,等抓到那三个人,再按情况处理医药费的事。吴江国准备去报名参加保安培训的钱全花光了,他不能到保安公司去培训,去当保安的打算又泡汤了。

回旅馆的路上,蕾蕾说:"你的胆子也太大了,我们在这地方人生地不熟,你竟敢先动手。你不先动手,他们也许不会动手。"

吴江国说:"自己的女朋友被人欺负,还不动手,那还算男子汉?挨了打怎么的,我又不后悔。以后,只要谁敢动你一根汗毛,我就和他拼命。"

蕾蕾听了并不感动,她心里为花去的医药费心疼。并不是蕾蕾吝啬,那点钱是他们最后的储备,现在他们成了穷光蛋,连吃饭都成了问题。

那天早上,他们的钱只够买两根油条,一碗豆浆。他们你推给我,我推给你,最后两个人分了吃了。

吴江国头上有伤,没法去找工作。两个人坐在那里谁也不说话。

这时,吴江国的手机响了,是他妈妈又打电话来了,吴江国犹豫了一下,然后捧着手机给蕾蕾看。

蕾蕾说:"什么意思?"

吴江国说:"你看我们现在经济这样困难,是不是让家里寄些钱支援我们。"

蕾蕾没有说话。

吴江国说:"我爸爸妈妈对我好,什么事都依我。我估计,我把我们现在的处境告诉他们,他们马上会寄钱过来。"

"你的意思是要接电话,和你妈妈说话?"

"你说可以吗?"

"这样你妈妈就知道我们在哪里了。她会马上告诉我的爸爸妈妈。不要到明天,我的爸爸妈妈立刻就会往这儿赶,把我抓回去。你回去没什么,你是你父母的心肝宝贝,你的父母舍不得打你,可我回去就没有好果子吃了。我妈妈不把我打成肉酱,也会打成肉饼。你要接电话的话,我就走,咱们分手。"

这时,吴江国的手机又响了。吴江国把手机往床上一丢,说:"不接就不接,一切听你的。没有钱就自己去挣吧。"说完取下头上的绷带,准备出去找工作。

蕾蕾要和她一起去,他让她在家待着,等他。

吴江国也才二十来岁,从小家里娇生惯养,没有经过磨砺,刚走上社会,眼高手低,嘴巴讲得头头是道,却没有一点动手能力，遇到什么事既没有主张，又没有办法。他出去找工作，一走就是一整天。

吴江国现在是在一个人生地不熟的环境，街上的人来来往往，却没有一个人认识他，能帮他，心情十分低落，不禁想起远方那个温馨的家。他肚子饿了，大酒店门前人来人往，进进出出，他口袋里没钱，不敢奢望，只能在街道上游荡。

这时，蕾蕾不在身边，他一个人开始反思，自己怎么会落到这样的田地。他回想过去的事，后悔不应该听蕾蕾的话，到深圳来打什么工。不然的话，自己天天去公司上班，送送货，不累不操心，按时有工资发，下班回到家，妈妈做好了香喷喷的饭菜，他扶起筷子就吃。衣不用他洗，地不用他扫，日子无忧无虑。

没来深圳之前，他刚认识她的时候，常和蕾蕾花前月下说说情话，闲了和她逛逛公园，觉得蕾蕾很聪明，性格开朗，爱笑，说话风趣幽默，给过他很多惊喜快乐。他非常喜欢她，不然，不会对她言听计从，丢掉工作跟她出来打工。

到了深圳他们时时刻刻在一起，双方平时刻意掩盖的缺点也暴露无余，蕾蕾身上的那层薄纱慢慢褪去，一个真实的她摆在自己面前。

蕾蕾什么活也不干,吴江国要早上起来买早点,要洗衣,要收件屋子。这还不说,最让吴江国出乎意料的是蕾蕾脾气不好,什么事要由着她的性子来,自己得小心翼翼让着她,生怕冒犯了她。现在连饭都没得吃了,她说不准接电话,就不能接电话。

他觉得蕾蕾并没有他以前想象得那样温柔、美好、浪漫,对蕾蕾的热情也在慢慢消失。

加之生活中的问题是那样现实,没有经济来源,生活难以维持下去,让他焦头烂额,束手无策。

经过反思,他知道自己错了,到深圳来打工错了,这日子他过不下去了,他想回去过那种父母给他安排的安逸生活,但他不知道下一步怎样做才能弥补自己的错误。他不能丢下蕾蕾不管,和她一起出来了,他就有责任和她一起回去。

吴江国经过苦苦思考,决定劝蕾蕾回去,把蕾蕾交给她父母后,再离开她。不过这事得慢慢来,不能操之过急。

吴江国不知道,他在外边生闷气,出租房里,蕾蕾也在生气,可她找人吵架没有对手。

出来半个月了,她算是把这个吴江国看透了。什么男子汉，一点本事也没有，一天到晚唯唯诺诺，叫他干什么就干什么。只有嘴巴甜，会哄人，没有一点真功夫。现在连个工作都找不到，和人打架，自己倒被人打伤，医药费花光了他们最后的一点钱。她甚至埋怨自己，当初怎么就把希望寄托在他身上？这样的人能给自己幸福吗？今天出去这么久了，都不记得自己没吃饭，害得自己挨饿。

她越等越心烦，越等越饿，越等越觉得吴江国不可靠。

直到天快黑了，吴江国才慢腾腾地回来了。

吴江国在外面跑了一整天，没找到工作。后来，他经过一家小餐馆时，发现餐馆的墙上贴了一张招洗碗工的广告，就进去应聘。这倒没费什么事，老板让他明天去医院体检，办个健康证来上班，一日三餐包吃，但是工资待遇很低，连保险都不给他办。

吴江国一回来，蕾蕾就问他："你吃饭没有？"

"没有。你吃了？"吴江国以为蕾蕾弄到了吃的。

"你没有给我一个钱，我到哪里去吃饭？"蕾蕾生气了。

这次吴江国没有哄她，而是带着埋怨的情绪说："我早上就要接我妈妈的电话。接了她的电话，要她寄钱过来，不就有钱吃饭了。你又不让。"

"只要你接电话，我们就分手。"蕾蕾态度坚决地说。

吴江国拿她没辙，为了缓和气氛，吴江国告诉蕾蕾他找到了工作，工作虽然不理想，但毕竟能挣到钱。

吴江国说："我上班就会有工资。不管多少，养活我们两个人还是够了。你暂时就不要去上班，先在家待着，有合适你的工作再去。找不到合适的工作，我就养着你。"他们当务之急是解决吃饭问题，生存是大事，其他远景规划，全顾不上。

晚上，他们两个人又没有吃饭。熬到第二天吴江国上班，找老板预支了半个月工资，蕾蕾才填饱肚子。

吴江国每天去餐馆上班洗碗，上午六点钟上班，下午四点钟下班。活不太要力气，但是一天站到晚也累。

蕾蕾没有学历，工作不好找，公司招白领连面试的资格都没有。那些到小餐馆端盘子、打扫卫生的工作，她又不愿干。

她没事就睡觉。后来发现不远处有一家小网吧，就去上网。吴江国的那一点点工资，交了房租后，剩下的她用来吃饭，上网，还不能吃得太好，不然就混不下去。一天，蕾蕾问吴江国什么时候发工资，因为她手里的钱不多了，维持不了几天。

吴江国说还没到开工资的时候，这个餐馆小，不好去借。他再一次提出给家里打个电话,让家里寄点钱来。

蕾蕾一口回绝了他:"你丢掉幻想吧!他们不会帮我们。只要他们知道我们在哪儿,就会来抓我们回去。"

吴江国心里说:他们把你抓回去倒是件好事,让我得到解脱。吴江国现在觉得蕾蕾是他的累赘、甩不掉的包袱,认为自己实际上是被她绑架了。

吴江国不在家时,蕾蕾有时会突然感到心里空荡荡的,不踏实。她也想到了家里比这儿舒服,假如不离家出走,自己不会挨饿。

她有些怪妈妈,要不是妈妈把她和吴江国的事嚷得满城风雨,让她没脸见人,她也不会下决心出走。

但蕾蕾从来没有想过自己的出走会给父母带来什么,也没有想过家里现在好不好。

蕾蕾妈妈从死神手里逃脱之后,什么活也不能干了。家里靠她爸爸一个人,忙不过来,就减少一些员工,缩小业务。原来红红火火的场面看不到了,店里只留下几个长住客,一般不接待新客人。

蕾蕾妈妈过去红润的大脸现在变得皱巴巴的、蜡黄蜡黄的。她每天搬张椅子坐在大门口,看着门前的车水马龙,眼珠子一动不动。她身体上、精神上都很痛苦。她后悔当时对蕾蕾太粗暴了,自己稍微有点耐心,和蕾蕾多做思想工作,不把蕾蕾关起来,蕾蕾就不会离家出走,家里就不会成现在这个局面。

当时,家里生意好,客人多,自己想多赚点钱,精力全放在打理生意上,忽视了对子女的教育。子女有什么事,她总是不耐烦。唉!都是钱闹的。现在想起来,就是钱堆成山,孩子跑了,不回来了,钱有什么用?!

现在,她只要一起床,就会想到蕾蕾,思念蕾蕾。担心蕾蕾没有钱,在外面无法生活。她担心吴江国太年轻,没有能力,让蕾蕾受苦。她担心蕾蕾年纪小,不懂事,在外面受骗。她担心别人欺负蕾蕾,蕾蕾没人帮。一天晚上睡觉,她梦见蕾蕾被几个大男人抓走了,吓得她大叫一声从梦中惊醒过来。

街坊们看见她这样,非常同情她,帮她四处打听,寻找蕾蕾。有的还上网发帖子,请求援助。不过,中国这么大,没有线索,要找到这两个年轻人犹如大海捞针,谈何容易。

孙木梓妈妈经常从蕾蕾家门口经过,见表姐变成这个样子,非常难过。有时停下来安慰安慰她。不过这没油没盐的话,起不了什么作用。

回归温馨的家

自从蕾蕾出了事,李老师更不敢放松对孙木梓的监管。她和学校领导讲清情况,自己的女儿正处在青春叛逆期,自己需要精力管女儿,希望领导能照顾她,除了她任教的课以外,其他事不要安排给她。

都是搞教育的人,知道孩子成长的关键时期非常重要,领导批准了她的请求。她又和几个老师对调了一下课时,让自己早上可以迟一点到校,下午可以早一点离校,多一点时间自由支配,照看孙木梓。

每天,孙木梓去上学,她就跟在她的后面。下午,孙木梓还没有放学,她已经等在孙木梓教室外面。每天远远地护送女儿回家。孙木梓在校这段时间,她又拜托向老师,多留意孙木梓,尽量阻止孙木梓和周宇轩接触。

李老师做的都是无用功,她发现女儿时间不够用,不用她去管,她整天忙于学习,连课间上厕所都一路小跑。自己跟踪她,她都没有发现。看见女儿在发奋学习,心无旁骛,她非常放心也非常高兴。

其实,前段时间孙木梓频繁找周宇轩辅导功课,就有学生向老师反映。向老师之所以没有阻止他们,是因为他们每次在一起都是讨论学习,后来孙木梓的成绩确实上升了一点点。他觉得如果异性同学交往,他们之间仅仅只是友谊，并能促进两个人进步，那未尝不是好事。

一天，吴江国在洗碗间那窄小的空间憋久了，出来透透气。

这时，一伙人从餐馆门口经过。他们走过去之后，其中一个回头看了他一眼，吴江国也看了他一眼，两个人的眼睛一对上，那人喊他："吴江国。"

吴江国条件反射，答应道："哎。"

那人马上走回来，上下打量他，打了他一拳，又拍了拍他的肩膀说："还真是你。"这个人是蕾蕾的表哥。

蕾蕾的表哥问吴江国："蕾蕾和你在一块儿吧？"

吴江国不知该不该照实说，停了一下还是点了点头。

蕾蕾的表哥说："你知道不知道，你们出走后，两家人到处找你们。蕾蕾妈妈心脏病发作，差点死了。你爸爸现在不知又到什么地方找你去了，你妈妈也快急疯了。"

这是吴江国第一次听到家里的消息，这出乎他的意料，他没有想到后果会这样严重，内心有些自责。

蕾蕾的表哥见吴江国不相信，又说："你可以打电话回去问一问。"蕾蕾的表哥是来深圳办事的。他的那一伙人站在远处催他："快走，不然会耽误事的。"蕾蕾的表哥只好走了，临走还回头对吴江国说："千万抽时间打个电话回去，让家里人安心,别到处乱跑。"

那天晚上,蕾蕾的表哥打电话给蕾蕾的爸爸,也就是他的舅舅,告诉他自己在深圳见到了吴江国。吴江国说蕾蕾和他在一起,这说明他们都很安全。

蕾蕾爸爸一听,马上央求侄儿,千万别惊动他们,千方百计打听到他们的住址,自己第二天就去深圳找他们。

蕾蕾妈妈抢过电话,带着哭声说:"你最好现在什么事也别干,帮我们去盯紧他们。你的损失归我们赔。我求你了。"刚才还走路不稳的蕾蕾妈妈,像打了强心针一样,突然间有力气了,她站起来了,问丈夫应该怎么办。

蕾蕾爸爸说,第二天一早他就动身去深圳,考虑到妻子的身体状况,就不带蕾蕾妈妈去深圳,带自己的兄弟去。

去深圳的路上,蕾蕾爸爸做好了思想准备,见到女儿,说几句好听的,让女儿乖乖地跟他们回来。只要蕾蕾肯回来,随她提什么条件都行,哪怕是要父母做检讨。

第二天傍晚,快下班的时候,吴江国的表哥躲在吴江国餐馆对面的一家茶楼上。等到吴江国下班,悄悄地跟在他后面,没费什么力气就弄清了吴江国和蕾蕾住宿的地方。

蕾蕾爸爸到深圳后,表哥第一时间带他们去了蕾蕾租住的地方。这时吴江国上班去了,只有蕾蕾一个人在家。

表哥上去敲门，蕾蕾问："是谁？"

蕾蕾爸爸示意表哥回答。

表哥说："是我，你表哥。"

蕾蕾已经知道吴江国碰到了表哥，知道他在深圳，对他的声音也熟悉，就开了门。谁知一打开门，她爸爸和叔叔一块儿挤了进来，她想关门已经来不及。

这是一间简陋狭小的民房。房子里除一张床、一张椅子，什么也没有，连书桌都没有。床上堆了些衣服和书，其他杂物，像衣架、挎包、梳子，也堆在床上，乱七八糟。他们三个人进去了，蕾蕾爸爸坐在那唯一的椅子上。

蕾蕾见他们也不特别慌张。她想要给他们倒水喝，可是只有一只水杯。没法给他们三个人倒水。于是，她干脆靠在墙上一言不发，等着爸爸说话。

蕾蕾爸爸说："我们是来接你回去的。"

蕾蕾回答："我不回去。"话是这么说，心里却在琢磨：他们来接我，我是不是要跟他们回去。

蕾蕾爸爸说："你就这样过一辈子？你看你住的这个条件！"

"这儿是条件不好，但比回家好，至少不挨打挨骂，不会被关起来，失去人身自由。"蕾蕾一开口，就火药味特别浓。看来，她还在记恨父母。

"是爸爸妈妈不好，当初不应该那样做。但说到底，我们是为你好，是怕你受苦。"蕾蕾爸爸婉转地做了自我批评。

"为我好？为我好就可以当街打我，还专门打我的脸。为我好就不怕别人对我指指点点，说我的坏话。世界上哪有这样的父母，把自己女儿说得一钱不值。"蕾蕾一肚子冤屈。

"我刚才不是说了，是爸爸妈妈方法不对，其实心还是好的。"蕾蕾爸爸今天特别耐心，他害怕一旦谈崩，蕾蕾不肯和他回去，这一趟白来了。

"这不是方法问题，是感情问题。你们打过弟弟吗？没有吧。那是因为你们爱弟弟，你们这样对待我，是因为你们不爱我。你们既然重男轻女，当初为什么生下我？我亲妈死的时候，你就应该打死我，让我和她一起走，省得留下我受这么大的苦。"说完，蕾蕾放声痛哭。

蕾蕾爸爸听不下去，心想，我生下你，养大你，你倒还怪起我们来了，就说："打是你自己招的，你要是像别的孩子一样，安心读书，不去交男朋友，我会打人吗？会骂你吗？"

蕾蕾见爸爸还在责备她，就说："我在家，要听你们的指责，看你们的脸色，我逃到这儿来了，你们还追到这儿来指责我。你们要我怎么办？"蕾蕾的态度非常强硬，说出来的话，牛都能顶死。

"我们来这里是为你好，你怎么这样不知好歹。你妈妈为你差点命都丢了。我不远千里跑到这儿来找你，你连水都没给我倒一杯，还对我气势汹汹的，我养你这样的女儿有什么用？"蕾蕾爸爸被气得说话结巴了，全不记得来的路上自己定下的宗旨。

"我没有要你养我。我也没有请你到这儿来。"蕾蕾只顾自己痛快，要倒出自己的一肚子苦水，她继续说，"你们是不是要我死了才甘心。跟你们说老实话，打死我也不回去，你就死了这条心，别在这儿磨蹭了。"

眼看他们父女又杠起来了，蕾蕾叔叔只好喊蕾蕾爸爸走。

他们来到了吴江国打工的餐馆，找到吴江国，要吴江国打电话回去。

其实，吴江国见到蕾蕾的表哥之后，就打电话回去了。这时，他爸爸在外地找他，接到电话，马上回家，带着他姐夫，坐车往深圳赶。因为他们对深圳不熟悉，找到清晨两点钟,也没有找到吴江国他们租的房子。

蕾蕾爸爸他们三个人又回到蕾蕾表哥住的酒店,坐在那里想对策,看用什么办法把蕾蕾弄回去,绝不能让她在外面乱闯。

这时,表哥的同事说:"你们不是说孩子还没有十八岁吗?她属于未成年人。你是她的爸爸,是她的监护人。别人没有通过你的允许把她带出来,是违法行为。当初孩子出走时,你们已经报了警,现在你们可以打电话向当地的派出所报告,说人已经找到了。要他们向深圳公安局求助,请深圳公安局护送孩子回家。"

这一招真灵,事情涉及未成年人,当天晚上,深圳公安局就出动警车,警察敲开吴江国的门,见面第一句话就问吴江国:"你叫什么名字?"

当他们查明吴江国是他们要找的人,一个人拿出手铐,不由分说,把吴江国铐了起来,押上警车。

另一个女警察对钱蕾蕾说:"你也上车,什么情况,你们到当地公安局去说清楚,我们只是协助办案。"

蕾蕾吓蒙了,乖乖地上了车,什么东西也来不及收拾。

正在这时,吴江国的爸爸和姐夫找来了,见这种情况,马上调转头往回赶。

回来后,吴江国、蕾蕾、双方家长在公安局录了口供,说明他们两个人是谈朋友,不是吴江国拐卖人口。蕾蕾再三说,出去打工是自己的主意。公安局又去吴江国单位、街道走访调查,大家都签名证明吴江国原来表现好,没有贩卖人口的前科。公安局这才放吴江国回家。但是,要吴江国出具保证,暂时不得外出,随叫随到。

吴江国这次付出了惨重的代价,为了蕾蕾丢了工作,又差点被公安局当作拐卖人口的犯罪嫌疑人抓捕,好不容易从公安局出来,走在街道上,别人都不搭理他,让他抬不起头。谁叫他去招惹未满十八岁的女孩子。

钱蕾蕾回来后,暂时没有去上学,就在家帮爸爸打理小旅馆。

她妈妈因为她回来了,病情稍有好转,加上她自己天天去医院理疗,渐渐恢复正常。

蕾蕾的爸爸妈妈,知道自己以前忽视了女儿的感受,使她觉得家里不温暖,于是和蕾蕾进行了一次坦诚的谈话。她爸爸放下架子,告诉蕾蕾:爸爸妈妈是爱她的,见她学习不好,替她的前途着急。只是方法不对,让蕾蕾误会了。今后一定痛改前非,保证再不打骂蕾蕾,不到外面说蕾蕾的坏话。

他们说到做到，平时对待蕾蕾的态度一百八十度大转变，把蕾蕾当成大人对待，有关蕾蕾的事首先征求蕾蕾自己的意见。

那天，职业学校的朱老师来做家访，表态欢迎蕾蕾回学校继续学习。蕾蕾爸爸不表态，让蕾蕾发表意见。

蕾蕾说要让她考虑考虑。她爸爸也不逼她。

后来，蕾蕾静静地回顾了这次在深圳的感受，她想起自己到处求职，被人一次一次拒之门外的遭遇，想起没有工作，挣不到钱，两天没吃饭的窘境，深刻体会到人不学习，没有技术、没有文化，将来就没有前途。回到学校去学习，最起码有一技之长，能在社会上立足。她现在知道学校发放的那些几级电工证、几级护理证、几级速录员证是好东西了。没有它们，找不到工作。于是，她下定决心，不怕同学的耻笑，回到学校重新拿起书本。

孙木梓这段时间根本没有时间听别人讲八卦，因为，中考已经到了冲刺阶段，时间只剩下这么多天了，她总觉得自己准备得还不充分，哪儿都要加把火，时间不够，她恨不得天天不睡觉。

那天饭桌上，妈妈告诉孙木梓："木梓，你蕾蕾姐姐回来了。"

"哦，她还好吗？那个吴江国也回来了吗？"这个消息倒是让她感兴趣，愿意耽误几分钟时间。

"是深圳公安局送回来的。因为蕾蕾未满十八岁，吴江国有拐带未成年人的嫌疑。不过后来搞清楚是蕾蕾主动提出要去深圳的，公安局这才放了吴江国。"

"那他们两个人现在还好吗？"木梓希望蕾蕾和吴江国经得起考验，雷打不散。

"听你表姨说，蕾蕾又要去学校读书了，和那个吴江国不来往了。"

木梓对他们很失望，沉默了一会儿，放下碗，回房间学习去了。她没有闲心关心这事，还有一大堆学习上的疑难问题等她去解决。不过，她还是有个打算，中考之后去看看蕾蕾。

中考在孩子们严阵以待中终于来了。最后一门考试终于结束了，李老师早早就等在校门外，远远看见女儿和一大群同学笑容满面地走了出来，她旁边那个笑得最欢的是周宇轩。

李老师心里的秤砣落地了。她知道，如果考得不好，木梓不会笑得这样灿烂。

走在学校大道上的孙木梓，准备休息之后就去蕾蕾家，她现在有时间了,想和表姐来个促膝长谈,问问她为什么不好好读书,要离家出走,问问她在外面那些天遇到了什么,最后还要请教她,男同学和女同学之间到底有没有真正的友谊。因为,蕾蕾比自己大几岁,而且有了一次交男朋友的经历,她肯定比自己懂得多一点。

孙木梓放眼前方,路还有很长,路的前方是什么样子,她知道肯定光明灿烂,壮丽辉煌。

**心理医生的话:**

一旦孩子有了早恋的苗头,家长老师首先要了解孩子的心理状态。要尊重孩子的人格和感情,以平等、真诚、信任的态度和他们谈话,孩子才会敞开心扉,把知心话告诉你。才会相信你,采纳你的意见。切忌拿大道理来压他们,大道理会使他认为你虚伪、没有诚意,不愿和你交流,疏远你,甚至产生逆反心理,排斥你。

孙木梓的父母懂得思想工作要慢慢来做,但由于他们没有把道理说清楚,孙木梓理解不到父母对她的关怀,反而认为父母不理解她,不顾及她的感受,结果谈话不欢而散。

孙木梓父母的做法没有错。问题出在他们的准备工作不充分上，他们不了解女儿心里想的是什么，他们话不投机，怎么能化解她的心结？

孙木梓现在自我意识比以前强，她已经不像以前一样，对爸爸妈妈的话唯命是从。她对爸爸妈妈的话要经过分析、思考，认定是正确的才肯接受。妈妈说她不要和男生来往，可是她认为自从周宇轩辅导自己的学习，自己不但心情好，成绩也提高了。这恰好证明妈妈的说法不正确。

周宇轩的爸爸看问题全面一些。当老师告诉他，周宇轩喜欢班上一个女同学时，他也很生气。但他知道儿子现在正处在一个由少年向青年转化的时期。这个时期的孩子思想活跃，性格没有定型，他们服从道理，不再服从权威。他心平气和地和儿子坐下来谈心。他平等坦诚的态度取得了儿子的信任，儿子把心里话都告诉他。他同意儿子和这个女同学来往，条件是成绩不能滑坡。

他又和老师联系，跟老师结成同盟，互通信息，随时掌握儿子的思想动态。

后来，他又借助宋国雄的影响力，不动声色把儿子从"歧途"上拉回来。周宇轩本来就有远大理想，他要考大学，将来去当律师或者金融家，所以他很容易收心，回头就把生活的重心移到学习上来了，他不但自己学习认真了，而且影响孙木梓也发奋学习，在中考前夕拼搏了一把，取得了可喜的效果。

蕾蕾的问题主要是蕾蕾妈妈性格急躁。在她的意识里，没有尊重女儿、了解女儿的想法。

当蕾蕾学习成绩不好，产生厌学情绪时，蕾蕾的父母因为事多，对这些一无所知，更谈不上给她精神上的安慰和支持。这时出现的吴江国给蕾蕾一些关怀，让她像一个在黑夜中摸索的人见到了一丝光明一样，不顾一切扑了过去，她认为家里亲人很冷漠，没有温暖，而吴江国在意她，关爱她。

蕾蕾夜不归宿，做家长的严加管教是正确的，但不应该当众打骂蕾蕾，这样做使蕾蕾觉得自己丢了面子，没脸见人，死心塌地和吴江国好，与家庭越来越离心，越来越不听父母的话。

蕾蕾妈妈后来软禁蕾蕾的行为是过激的，不但没有解决矛盾，相反导致蕾蕾离家出走。

蕾蕾回家之后的思想教育不是一朝一夕的事，还有很多工作等待老师和家长去做，她那颗受了伤的心要痊愈还得一段时间。

对于开始涉足感情生活的孩子，我们只能教育、引导，帮助他们处理好和同学之间的关系，包括和异性同学之间的关系，用道理、事实教育他们，在自己还是未成年人的学习阶段，和同学之间最好仅仅保持友谊，如果觉得光是友谊还容纳不下他们之间的感情，也只能冷静下来，把这段感情留给未来。因为现在他们心智不全、社会经验不足，没有能力处理好感情问题。

家长对子女光有爱还不够，更要懂得他们的心理，懂得教育他们的方法。针对他们的心理特征，用科学的教育方法去教育他们，才能使他们茁壮成长。